KB041065

9

어서 오세요 **실력지상주의교실에** 키누가사 쇼고 지음
토모세 슌사쿠 일러스트

조민정 옮김

카츠라기 쿄헤이

1학년 A반, 반 전체에 큰 영향력을
가지고 있었지만 류엔의 함정에
빠져 실각.

"전부터 마음에 들었어,
나랑 사귀어주라. 카루이자와.
누굴 새로 좋아하게 됐는지는 모르겠지만,
초콜릿을 안 준 건
아직 마음을 전하지 않았다는 거야. 그렇지?"

지금부터라도 늦지 않았다는 강한 어필을 해왔다.

"무슨 소리를 하는 거야……
이런 상황에서 내가
오케이라고 말할 것 같아?"

"연애는 앞으로 어떻게 될지
모르니까 재미있는 거잖아?"

"잠깐, 뭐하는 거야."

이치노세는 교단 앞에 서서
B반 아이들 전원을 향해 고개 숙였다.
"뭐, 뭘 사과하는 거야, 이치노세.
아무것도 사과할 필요 없어. 안 그래?"

**"모두에게 숨겨왔던 것을——
지금부터 고백할게."**

어서 오세요
실력지상주의 교실에
9

키누가사 쇼고 지음 | **토모세 슌사쿠** 일러스트 | **조민정** 옮김

S NOVEL

어서 오세요 실력지상주의교실에 ⑨

c o n t e n t s

P011 **이치노세 호나미의 독백**

P020 **학생회장의 의향**

P036 **변해가는 관계**

P072 **달라지지 않을 생각**

P104 **이치노세의 비밀, 카무로의 비밀**

P133 **만연해가는 소문**

P152 **애매한 것**

P237 **모든 내막**

P272 **복귀**

○이치노세 호나미의 독백

난 내가 선한 사람 혹은 악한 사람이라고 생각해본 적이 없다.

그저 엄마가 바라는 대로, 솔직하게 살아왔다고 생각한다.

초등학교 때도 중학교 때도, 내 생활은 순조로움 그 자체였다.

남녀 가리지 않고 친구가 많았다.

체육은 잘 못했지만, 그래도 공부와 똑같이 열심히 했다.

중학교 3학년에 올라갔을 때는 동경하던 학생회장이 될 수 있었다.

사립 고등학교에도 특기생으로 입학 가능하다는 평가를 받았다.

즐거운 학교생활.

즐거운 나의 생활.

하지만……, 그런 내가 한 가지 잘못을 저질렀다.

절대 용서받을 수 없는, 해서는 안 되는 '잘못'.

병상에 누운 엄마의 그때 그 화난 얼굴. 그때 그 눈물.

상처받고, 자기만의 세계에 틀어박혀버린 여동생의 비통한 얼굴.

　잊을 수 있을 리 없다.

　지금도 종종, 그때의 일을 떠올린다.

　떨리던 손가락.

　떨리던 몸.

　검게 물든 마음.

　나는 중학교 3학년의 절반을 날리고 반년 가까이 방에서 나오지 않았다.

　하지만 그것은 어느 날 끝을 고했다.

　이 학교의 존재를 알게 되었을 때, 끝내야만 한다고 생각했다.

　다시── 엄마와 여동생의 미소를 되찾기 위해서라도.

　그러니 내 '허물'로부터 달아나지 않겠다.

　정면으로 받아들여 보이겠다.

　그렇게, 맹세했다.

　하지만──.

　부푼 꿈을 안고 입학한 이 학교에서, 나는 시련에 직면했다.

　한 편지를 바라보면서, 그저 얼어붙어버렸다.

주위에서 동급생들이 호기심 가득한 시선을 보냈다.

나는 편지에 쓰인 한 문장을, 몇 번이고 몇 번이고 되풀이해 읽었다.

아무리 읽어도, 그 글자는 바뀌지 않았다.

'이치노세 호나미는 범죄자다.'

1

사건이 일어나기 훨씬 전.

소녀는 몹시 긴장하고 있었다.

휴일의 학생회실.

"1학년 B반 이치노세 호나미, 인가."

"넷."

목구멍 안에서 소리를 끌어냈다.

나구모 부회장을 마주 보고 있는 이치노세 호나미의 표정은 살짝 굳어 있었다.

일대일 특별 면담.

"학생회장은 뭐라고 했지?"

"지금은 아직, 시기가 아니라고……."

학생회 가입을 희망한 이치노세는 학교에 입학하자마자 학생회의 문을 두드렸다.

하지만 호리키타 학생회장은 이치노세와의 면담에서 학생회 가입을 거절했다.

학생회에 들어가기를 강하게 희망한 이치노세는 낙담했는데, 그 사실을 안 부회장 나구모가 곧 이치노세를 불렀다.

이유는 세 가지. 첫 번째는 그녀가 A반이 아니라 자신과 같은 B반이라는 사실. 두 번째는 학력이 뛰어나다는 점. 그리고 마지막 이유는 나구모가 이성에게 원하는 뛰어난 외모 수준. 그러한 것을 이치노세는 충분히 만족시켰기 때문이다.

앞의 두 이유는 어디까지나 부가가치에 지나지 않았다.

중요한 것은 자신의 소유물로 옆에 둘 만한 외적 가치가 있는가 없는가.

"중학생 때도 학생회, 그것도 학생회장을 했다며?"

"네. 그래서 이 학교에서도 학생회에 들어가고 싶었어요."

이치노세의 진실. 그리고 거짓이기도 했다.

"담임 호시노미야 선생님한테 들었어. 입학시험도 성적이 아주 좋았다더군."

"감사합니다."

칭찬을 있는 그대로 받아들였다.

다만, 나구모의 눈을 똑바로 쳐다보지는 못했다.

"솔직히 말해서 아주 뛰어난 인재야."

"하지만…… 호리키타 학생회장한테는 인정받지 못했어요……"

쓴웃음을 지어 보인 후, 이치노세는 그런 자신을 창피해했다.

학생회에 들어갈 수 있다. 그렇게 생각했었기 때문이다.

그래도 아슬아슬하게 미소는 잃지 않았다.

여기서 낙담한 표정을 지으면 좋은 인상을 심어줄 수 없다고 생각해서였다.

"호리키타 학생회장은 엄격한 사람이니까 말이지. 아마 A반에 들어가지 못한 부분 때문에 널 받아들이는 걸 보류했겠지. 그 사람은 지위를 중요하게 생각하거든."

"그런, 가요……?"

그건 나구모의 거짓말이었다.

물론 호리키타 마나부는 지위와 계급에 연연하는 사람처럼 보이는 구석이 있었다.

하지만 사실은 정반대. 그는 인간의 본질을 보고 있었다.

D반이든 A반이든, 우수하면 기꺼이 높게 평가한다.

그러나 가입을 거절당한 이치노세의 입장에서는 나구모의 말이 더 진실처럼 느껴졌다.

"학생회에 들어가려면 A반으로 올라가는 수밖에 없나요?"

"글쎄. A반에 금방 올라간다고 해도 호리키타 학생회장이 과연 인정해줄까? 까놓고 말해서 이치노세, 이 학교에 B반으로 입학한 시점에서 이미 넌 좋은 혈통이 아니라는 거야. 지금부터 아무리 노력한다고 해도, 호리키타 학생회장은 한번 B반으로 판정된 학생을 절대 받아들이지 않겠지."

그 잔혹한 통보에 이치노세는 겨우 유지한 미소마저 잃고 말았다.

"하, 하지만 나구모 선배는 B반 출신이잖아요? 그런데도 부회장이 된 건——."

그 일말의 희망조차 나구모는 단칼에 잘라버렸다.

"내 경우는 두 가지 이유가 있어. 첫째, 나를 학생회에 넣은 건 호리키타 선배가 학생회장이 되기 전, 그러니까 작년에 3학년이었던 학생회장이야. 당시 부회장이었던 호리키타 선배는 끝까지 내가 학생회에 들어오는 걸 좋게 보지 않았지."

이치노세의 낯빛이 점점 흐려졌다. 그 모습을 본 나구모는 마음이 설레었다.

이치노세를 반드시 학생회에 넣을 것이다. 그리고 자기 것으로 삼아 귀여워해줄 것이다.

"그리고 또 하나, 난 내 잠재능력이 얼마나 높은지 자각하고 있어. 원래라면 A반이었어야 마땅한 사람이라고 자부하지. 그래서 학생회에 들어가겠다고 했을 때, 내가 B반이 된 원인을 전부 고백했어. 숨김없이 말이야."

"고백, 이라고요……?"

"그래. 그래서 실력은 A반에 결코 지지 않는다는 걸 증명했어. 그게 지금의 나로 이어진 거다."

"그 원인…… 나구모 선배의 그건 뭐였나요?"

이치노세의 말에 나구모는 속으로 회심의 미소를 지었다.

"미안하지만 가르쳐줄 생각은 없어. 지금 그 질문을 받고 있는 건 너잖아, 이치노세."

"저, 말인가요……?"

"난 도대체 이해가 안 돼. 상식적으로 생각하면 넌 A반에 들어갔어야 해. 성적도 우수하고 소통능력도 더할 나위 없지. 학생회장을 해본 경험도 있고. 그런데 B반? 분명 무슨 이유가 있는 게 틀림없어."

나구모의 날카로운 지적에 이치노세는 동요를 감추지 못했다. 하지만 이건 전부 나구모가 이치노세의 담임 호시노미야에게 미리 얻은 정보를 바탕으로 추리한 것.

"짐작 가는 부분이 있으면 지금 다 말해봐. 네가 A반에 적합한 학생이라고 날 설득시킨다면 내가 책임지고 널 학생회에 넣어주지."

"그게…… 가능한가요?"

"물론 호리키타 학생회장의 권력이 절대적인 건 사실이야. 하지만 호리키타 선배가 졸업한 후에 학생회는 어떻게 될까? 1학년이 학생회에 들어오지 않으면 미래의 학생회 임원을 키워나가기란 불가능해. 그렇게 되면 곤란한 사람은 차기 학생회장인 나야, 안 그래?"

"……그러네요……."

"이 기회를 잡지 못하는 사람은 학생회에 들어올 자격이 없어."

이치노세에게는 품고 있는 비밀이 있었다.

중학교 3학년 시절의 절반을 방에서만 보내던 기억이 되살아났다.

"여기서 제가 한 이야기는——."

"물론 아무한테도 말 안 해. 네 비밀은 나와 너만 아는 거다."

아무에게도 말하지 않고 혼자 안고 살아가려 했던 과거.

하지만 앞으로 나아가야만 한다.

남에게 신뢰를 잃어버렸으니 그만큼 더욱 남을 믿어야만 한다.

"……저는…… 저는——."

이치노세는 모든 것을 털어놓았다.

자신의 '잘못'을.

○학생회장의 의향

합숙이 끝나고, 다시 고도 육성 고등학교로 돌아온 2월 상순.

1학년 A반 사카야나기 아리스는 학생회실에 있었다.

애용하는 모자를 책상 위에 올리고 눈앞에 마주한 사람은 2학년 A반 학생회장 나구모 미야비.

"학생회실도 꽤 화려해졌네요. 몰라보겠어요."

좋게 말하면 성실. 나쁘게 말하면 딱딱한 분위기를 풍겼던 학생회실이 지금은 벽지까지 새로 바뀌었고, 나구모의 개인 물품으로 보이는 소품 등도 많이 보였다. 학생회실이라기보다 나구모의 방. 그렇게 전과는 다른 모습을 보이고 있었다.

자신의 권력이 얼마나 강한지 상징하기 위한 장소. 사카야나기는 그런 인상을 받았다.

"설마 호리키타 선배가 학생회에 들어오라고 권했나?"

학생회와는 인연이 없어 보이는 사카야나기의 방문에 나구모가 물었다.

"아쉽게도 그분의 마음에 들지 못한 모양인지, 권유는 없었어요."

"보는 눈이 없네."

"그럼 당신은 다르다는 건가요? 새로운 학생회장."

나구모가 희미하게 웃었다.

"물론 나야 환영이지. 단, 어디까지나 내 소유물로."

그렇게 대답한 나구모는 근처에 놓여 있던 토끼 인형의 머리를 쓰다듬었다. 나구모의 취향인 걸까, 아니면 나구모 주변에 있는 여자의 취향일까.

소유물 취급, 즉 능력을 사는 게 아니라 외모만 본 평가.

그냥 흘려들어도 상관없었지만, 사카야나기는 그 말을 굳이 물고 늘어져 보기로 했다.

"어떻게 하면 나구모 학생회장에게 인정받을 수 있나요?"

"나에게 어울리는 실력을 보일 것. 그것밖에 없겠지. 우선 학생회에 들어온 후여도 늦지 않은데? 들어와라, 사카야나기."

"그렇군요."

사카야나기는 미소를 짓는가 싶더니 곧바로 말을 이었다.

"그건 그만두죠. 한 조직의 주도자가 두 명이면 곤란할 것 같으니. 무엇보다 상급생의 체면을 짓밟는 건 잘하는 일이 아니니까요."

"주도자가 두 명, 이라."

1학년이면서도 사카야나기는 자신이 나구모와 대등 혹은 그 이상인 존재라고 대답한 것이나 마찬가지였다.

그 소리를 듣고도 나구모는 화내기는커녕 조금 전보다 더욱 크게 웃었다.

"너도 그렇고 류엔도 그렇고. 올해는 흥미로운 1학년이 많군."

이 학교에서 학생회를 적으로 돌리려는 학생은 없다. A반에 올라가기 위해 찾아오거나, 적어도 찍히지 않으려고 노력한다. 그런데 여기 있는 사카야나기 그리고 류엔은 누구에게나 이를 드러낸다. 그것도 인정사정 봐주지 않고.

"현명한 삶의 방식이라고는 말할 수 없겠군."

그렇게 모든 방향으로 드러내는 적의를 좋게 평가하는 학생도 있겠지만 나구모는 아니었다.

때로는 자존심을 버려가면서까지 권력을 이용하고, 어떻게든 위로 올라가려는 자를 더 높이 산다.

그때, 책상 위에 놓여 있던 나구모의 휴대폰이 한 번 진동했다. 그 후 짧은 간격으로 두 번, 세 번 진동이 이어졌다.

"안 받으시나요?"

"지금은 널 위해 마련한 시간이야. 신경 쓰지 마."

"인기인은 이런 게 힘들겠네요. 늘 끊임없이 연락이 오는 건 아닌지?"

"그걸 알면 바로 본론으로 들어가 볼까. 학생회 가입을 희망하는 것도 아닌데 다른 사람들을 물리치면서까지 나한테 볼일이란 게 뭐지? 미안하지만 잠시 후에 다른 『1학년』도 오기로 되어 있어서 말이야. 그쪽이 선약이니 너무 길게 시간을 줄 순 없어."

"그런가요. 그럼 간략하게 할까요?"

나구모는 의도적으로 '1학년'이라고 사카야나기에게 알렸는데, 그럼에도 사카야나기의 표정은 변화를 찾아볼 수 없었다.

그것이 오히려 흥미를 느끼고 있다는 반증이라고 나구모는 판단했다.

"이번엔 한 가지 부탁이 있어서 찾아왔어요. 1학년 B반이자 학생회 임원인 이치노세 호나미에 관해서. 저는 앞으로 그 애를 칠 생각입니다. 그때 다소 험악한 상황이 일어날지도 몰라요."

"그건 예전에도 들은 이야기군. 그런데?"

나구모가 이어지는 말을 재촉했다. 여기까지는 예전에 나구모가 사카야나기와 둘이 만났을 때 이미 들은 내용이었다. 물론 그 사실을 아는 사람은 극소수였다.

"그 애는 1학년 중 유일한 학생회 임원. 말하자면 미래의 학생회장 후보가 되겠죠."

"이대로 1학년에서 학생회 임원이 나오지 않고, 웬만큼 우수한 존재가 신입생 중에 등장하지 않는 한 아마도 그렇게 되겠지."

"네, 그래요."

즉 이치노세의 손실은 학생회, 그리고 나구모의 손실이라는 점.

"지난 일의 『답례』를 겸해 이렇게 미리 알려드린 겁니다. 최악의 경우 이치노세 호나미는 퇴학당하게 될지도 모르니, 부디 용서를."

사카야나기는 나구모를 겁내지도 않고 그렇게 선언했다.

"『거기까지』 허락한 기억은 없는데, 사카야나기."

이때 처음으로 나구모의 얼굴에서 웃음기가 사라졌다.

"네. 학생회장은 이치노세를 괴롭히는 수준으로만 하라고 말했죠. 하지만 다소 거칠게 다뤄보려고요."

"호나미는 내가 귀여워할 예정인 내 소유물이다. 너한테는 힘을 약하게 만드는 것까지의 권리밖에 주지 않았어."

"충분히 알고 있어요. 하지만 예측할 수 없는 일은 늘 일어나는 법이죠."

나구모는 사카야나기를 살짝 날카로운 눈빛으로 쳐다보았다.

사람에 따라서는 노려보았다고 표현할 수 있을지도 모르겠다.

그런 나구모의 시선을 사카야나기는 태연히 받아넘겼다.

"그 애가 퇴학당해버린다고 해도…… 상관없죠?"

나구모는 의자 팔걸이에 걸쳤던 팔꿈치를 천천히 움직였다.

"대담한 여자군. 나를 상대하는데도 겁먹지 않는 건가?"

"원래 그런 천성이어서."

"한 가지만 묻지. 너라면 나한테 허락을 구하지 않고 바로 실행할 수도 있었을 거다. 그런데도 일부러 날 찾아왔지. 그건 나를 적으로 만들고 싶지 않아서인가?"

나구모는 허식에 속지 않고 사카야나기를 추궁했다.

"어떻게 받아들이든 상관없어요."

"얼버무리지 마. 솔직한 의견을 듣고 싶은 거다."

겉치레 말은 필요 없다, 나구모는 진짜 속내를 알아내려고 했다.

"이 학교에서 학생회는 제가 처음에 생각했던 것 이상으로 힘을 가진 모양이더군요. 이치노세를 지키려고 학생회…… 아니, 나구모 학생회장이 움직이면 저도 성가신지라."

이치노세의 뒤에 나구모가 서는 상황은 사카야나기도 피하고 싶다.

그런 뜻이었다. 그 대답에 나구모는 만족스러운지 하얀 이를 드러내며 웃었다.

에두른 표현이기는 했지만 나구모를 적으로 삼고 싶지 않다는 뜻.

"내가 너에게 준 정보는 유효했던 모양이군."

"네. 선배 덕에 그 애, 이치노세의 약점을 찌를 수 있을 것 같아요. 앞으로 그 정보를 더 유효하게 활용할 생각입니다."

"좋아, 사카야나기, 네가 앞으로 하려는 모든 일을── 학생회 측은 묵인한다."

"학생회 측『도』묵인한다고 믿어도 되겠죠?"

나구모가 살짝 남긴 여지. 그것을 사카야나기가 놓칠 리 없었다.

"……훗. 그래, 학생회 측『도』두말하지 않아. 그런데 뭘 꾸밀 작정이지?"

"그건 앞으로 기대……거리로 남겨드리죠."

지금 이 자리에서 그 전략을 알려줘서 얻을 이익이 없다.

사카야나기는 그렇게 판단했다. 눈앞에 있는 나구모는 절대 믿을 수 없는 남자.

학생회의 심복이 될 수 있는 존재를 쉽게 버리려 하는 자다.

"그나저나 이렇게 둘이 대화할 수 있는 기회도 많이 없으니, 미리 질문 하나만 했으면 하는데요."

"뭐지?"

"가능성은 낮다고 생각하지만, 상황이 나빠지면 강경책…… 그러니까 완력을 쓰는 학생이 꼭 없을 거라는 보장이 없어요. 거기에 관해서 학생회장은 어떻게 생각하시죠?"

카츠라기나 이치노세 혹은 호리키타 같은 지략가 타입에는 지지 않을 거라는 자부심이 사카야나기에게는 있었다. 하지만 폭력 행위만은 별개다. 연약한 사카야나기로서는 전혀 승산이 없었다.

"마지막 순간에 힘으로 굴복시키는 타입한테는 약한가?"

"강하진 않죠."

신체적 핸디캡을 짊어지고 있는 사카야나기로서는 더욱 그랬다.

"공교롭게도 난 힘을 쓰는 것도 싫어하지 않아. 어차피 학생한테 싸움은 늘 따라다니는 거다. 호리키타 선배처럼 엄격하게 단속할 생각은 없고, 어느 정도…… 사소한 다툼 수

준의 싸움 정도라면 웃으며 넘길 거야."

그 선언은 폭력에 약한 사카야나기로서 마이너스 요소가 될 것 같았지만, 사카야나기가 염려한 것은 다른 부분이었다.

"그렇군요…… 그럼 예전에 문제가 되었던 1학년 D반과 C반의 싸움 소동도 나구모 학생회장이라면 전 학생회장과 다른 판정을 내렸을 거란 뜻인가요?"

스도와 이시자키 무리, 누가 때리고 누가 맞았는가. 감시 카메라의 유무 등으로 다투었던 사건.

나구모가 직접 관련된 일은 아니지만, 호리키타 마나부에게 연연하는 나구모가 그 일을 모를 리 없었다.

"그렇지……. 학교를 시끄럽게 만든 사건이니 무죄방면까지는 아니더라도 퇴학까진 언급하지 않았을 거다. 기껏해야 당사자들에게 정학 처분을 내리는 선에서 끝냈겠지. 물론 반 포인트나 프라이빗 포인트 벌칙도 요구하지 않았을 거고."

어디까지나 학생회 측의 의견으로는 말이야, 하고 나구모가 말을 덧붙였다.

아무리 학생회가 용서한다고 해도 학교 측이 노를 외치면 답은 노다. 그것은 사카야나기도 잘 알고 있으리라. 다른 평범한 학생회보다 훨씬 높은 권력을 쥐고 있다지만 그래봐야 학생. 그 부분을 잊어서는 안 된다.

"그렇군요. 선배가 무척 너그러운 사람이라는 건 충분히 잘 알았어요."

앞으로는 공갈협박이나 폭력 사태도 현실성이 있다는 것을 계산에 넣어두어야 한다.

"만약 그 점이 불안하다면 2학년 중에 도와줄 사람을 찾아줄 수도 있어."

2학년이 1학년을 힘으로 굴복시킨다. 그런 행위를 긍정하기라도 하는 듯한 학생회장의 제안.

"말씀은 고맙지만 그럴 필요는 없어요. 제가 가진 말만 가지고 싸우는 게 제 방식이거든요."

사카야나기가 알고 싶었던 것은 '어디까지 해도 괜찮은지' 하는 점.

시비 걸리면 반격할 권리가 있다는 사실을 안 것만으로 충분했다.

"만족했나?"

"네, 충분히."

나구모와의 대화에 만족한 사카야나기는 지팡이를 쥐고 천천히 자리에서 일어났다.

"아아, 그러고 보니──."

"아직 나한테 할 말이?"

시간을 길게 할애할 수 없다. 그렇게 말한 나구모였는데도 아랑곳하지 않고 사카야나기는 입을 열었다.

"이건 그냥 시시콜콜한 잡담에 불과하지만 재미있는 이야기를 들었어요. 잘은 모르겠지만 졸업이 가까워진 3학년으로부터 프라이빗 포인트를 사려고 한다는 학생이 있다나.

졸업 전에 학교 측에 돌려주기로 정해져 있는 것을 졸업 후 현금으로 사들이는 전략. 사실이면 무척 강력한…… A반으로 졸업할 수 있는 필승법이라고 할 수 있겠네요."

저번 합숙. 코엔지와 나구모의 대화 중에 튀어나온 내용이었다. 남자들만 들은 정보지만 남자 중 누군가가 사카야나기에게 말했어도 이상하지 않다. 아니, 오히려 사카야나기의 귀에 들어가야 할 이야기라고도 할 수 있으리라.

"그 방법은 이미 쓸 수 없게 해두었어. 그리고 코엔지만 생각한 새로운 전략 같은 것도 아니고. 예전부터 졸업이 임박한 3학년이 가진 여분의 프라이빗 포인트를 양도받으려고 생각한 후배들이 적지 않았으니까 말이야."

예전부터 반복되어온 일이라며 나구모가 코웃음 쳤다.

"그래서 학교 측은『졸업 때 남은 프라이빗 포인트를 사들일 수 있다』라는 한정적인 규칙을 3학년 때 공개해. 이게 통례야."

"그렇군요. 하긴 저희가 아는 규칙은 졸업 때 프라이빗 포인트가 몰수되어 가치가 사라진다는 거죠. 그럴 바에야 차라리 친한 후배한테 프라이빗 포인트를 맡기자고 생각하는 3학년이 있어도 이상하지 않으니까요."

티끌 모아 태산. 몇 명한테만 프라이빗 포인트를 양도받아도 특정 학생이 상당한 액수를 모을 수 있다. 코엔지가 이른 단계에 움직인 것을 나구모가 눈치챘어도 이상하지 않다.

"원래 3학년한테만 개시된 정보. 그걸 2학년인 학생회장이 알고 있는 부분에 대해서는 지금은 그냥 넘어가기로 하고…… 1학년 앞에서 그 정보를 대대적으로 공개한 건 지금 말한 한정 규칙을 바꾸기 위해서인가요?"

"다른 사람은 몰라도 코엔지는 학교 측이 제시하는 액수보다 더 많이 낼 수 있는 모양이니까 말이야. 반칙의 한 방법이야."

전 학년 남학생이 모이는 타이밍에 발표함으로써 학교 측에 규칙상 허점, 문제점을 인식시켰다. 조만간 3학년에게 프라이빗 포인트 양도를 주저하게 만드는 추가 규칙을 설정할 가능성이 높으리라.

보통은 아무리 유복한 가정에서 태어났어도 졸업 후에 진짜로 돈을 준다는 보장이 없다. 하지만 코엔지는 몹시 특수한 경우였다.

코엔지 재벌의 공식 홈페이지에 들어가면 코엔지 로쿠스케가 고등학교 1학년 시점에서 이미 막대한 개인 자산을 쌓았다는 사실이 명기되어 있다. 그게 무효가 될 가능성이 있어도 한번 걸어볼 만한 가치는 충분하다고 생각하겠지.

"하지만 날 때부터 가진 재력 역시 실력. 그에게 허락된 전략이 아닐까요?"

"그렇다면 그보다 먼저 나서서 막는 것 역시 실력이잖아?"

"후후. 하긴 그러네요."

사카야나기는 흥미롭다는 듯 웃더니 지팡이로 바닥을 탁 찍었다.

"애당초 난 2,000만 포인트를 모으면 A반으로 이동할 수 있다는 학교의 규칙을 높이 평가하지 않아. 가능하다면 제도 자체를 재검토하고 싶을 정도야. 뭐, 설령 그 제도가 장차 사라진다고 해도 너희 1학년한테는 적용되지 않겠지만."

이미 학교 측의 조치로 사카야나기를 비롯한 1학년에게 그 규칙이 명확히 전달되었다. 2,000만 포인트를 모으는 데 전략의 중점을 두고 있는 학생이 있을 가능성을 생각한다면 철회는 불가능하다.

"하지만 지금까지 그 누구도 2,000만 포인트를 단독으로 모은 적은 없으니. 명색뿐인 규칙이라면 굳이 마음에 담을 필요도 없지 않나요."

"단독으로만 모으지 못할 뿐이야."

"포인트를 반 단위로 모았다고 해도 별로 큰 의미가 없어요. 상대 반에 스파이를 보내는 전략을 쓸 거라며 걱정하는 학생도 있지만 현실적이지 않죠. 가령 하위 반에서 상위 A반으로 학생을 보내는 데 성공했다 해도, 이미 우위인 A반에 들어가고 나면 쉽게 배신할 수 있잖아요."

"그렇지. 굳이 강한 반을 쳐서 얻을 메리트는 없어. 하지만 같은 반 친구를 위해 행동하는 정의감 넘치는 학생이 없을 거라고도 단언할 수 없지."

"그렇죠. 하지만 당연히 상위 반도 갑자기 들어온 애한테 정보를 주진 않을 거예요. 그리고 이 학교 시험에서 개인에 의한 마이너스는 그 사람한테 그대로 돌아오는 게 많아요.

의도적으로 자기 반을 방해했다간 다름 아닌 자신이 퇴학당하게 되겠죠."

사카야나기가 제도를 완벽히 이해했음을 안 나구모는 만족스러운 듯 고개를 끄덕였다.

"한 가지만 충고해주지. 네 호전적인 성격은 싫지 않지만, 지금 단계에서 사방팔방으로 적을 만들면 고생만 할걸? 일단은 주위와의 신뢰 관계를 구축해두는 편이 좋지 않을까? 지금부터라도 늦지 않아. 신뢰부터 쌓아."

"그리고 그 신뢰를 무기 삼아 승리를 쟁취하라는?"

"그게 가장 효율적인 전략이다."

절대 배신하지 않으리라고 여겼던 상대의 배신.

그것은 치명상을 입히기에 충분한 일격이리라.

"하지만 신뢰를 쌓으라고 말한 학생회장은 정작 그 중요한 신뢰라는 카드를 내버린 시기가 다소 이른 감이 있는데요. 그 말대로라면 제일 마지막 순간에 가서 쓰는 게 훨씬 효과적이었던 것 아닌가요?"

합숙에서 전 학생회장에게 던진 선전포고. 그리고 그 신뢰에 대한 배신.

"신뢰를 내버렸다고?"

그런 사카야나기의 말에 나구모는 웃음을 참지 못하듯 말했다.

"물론 호리키타 선배나 3학년 A반 학생들한테는 완전히 신뢰를 잃은 게 사실이지. 하지만 2학년과 다른 3학년의 평가는 전혀 달라지지 않았어. 1학년도 곧 알게 될 거야."

나구모의 허세와 자만. 순간 사카야나기는 그렇게 생각했지만, 금세 생각을 고쳤다.

호리키타 마나부와의 약속을 깨는 것조차 처음부터 있었던 계획.

어쩌면 그것은 이미 2학년 사이에 통일된 의견이었는지도 모르겠다고.

"이 자리에서 정정하지, 사카야나기. 네 실력을 인정해. 앞으로 언제든 학생회에 들어오는 걸 허락한다."

"감사합니다. 여하튼 오늘 여기 오길 잘했네요. 나구모 학생회장이 어떤 사람인지 알 수 있었으니까요. 적어도 호리키타 전 학생회장보다는 저와 잘 맞을 것 같아서 안심했어요."

정중히 고개 숙여 인사한 사카야나기는 학생회실을 나갔다.

그리고 나구모가 곧바로 사카야나기를 뒤따라 나갔다.

"모자를 놓고 갔어."

"어머나. 감사합니다."

모자를 받아든 사카야나기는 다시 한번 고개를 숙였다.

"그럼 실례하겠습니다."

"사카야나기, 아야노코지에 대해 뭐 알고 있는 건 없나?"

나구모의 갑작스러운 질문.

"아야노코지……? 왠지 들어본 적은 있는 듯한 이름이네요. 1학년인가요?"

"그런가, 뭐, 아무것도 아니야."

모르면 말할 필요가 없다며 나구모는 바로 이야기를 마무리 지으려고 했다.

"필요하면 알아봐드릴까요?"

굳이 한 걸음 앞으로 나오듯 사카야나기가 도움을 자처했다.

"아니, 내가 괜한 소리를 했다. 잊어버려."

"그런가요, 그럼."

그렇게 사카야나기가 걸음을 뗀 순간, 한 여학생과 마주쳤다.

교우 관계가 넓지 않은 사카야나기조차 잘 알고 있는 1학년 C반의 쿠시다 키쿄.

"안녕, 사카야나기."

"우연이구나. 혹시 학생회실에 볼일 있니?"

"응. 학생회에 입후보해볼까 해서. 혹시 사카야나기도?"

"비슷해. 그럼 난 이만."

"또 봐~."

이런 타이밍에 학생회 가입을 희망하는 쿠시다에게 약간의 의문을 느낀 사카야나기. 물론 그녀 같은 우등생이라면 학생회를 열망해도 이상하지 않다. 다만 시기가 이해되지 않았다. 특별시험 때 나구모가 한 행동은 여자애들 사이에서도 소문이 퍼져 있었다. 학생회장을 잘 아는 상급생이면 모를까, 1학년은 나구모의 행동에 불신감을 느껴도 이상하지 않은데.

만약 그녀가 아야노코지 키요타카의 진짜 얼굴을 알고 있고 협력 관계에 있다면 나구모를 뒷조사하기 위해 학생회에 들어가려 할 가능성도 있다.

하지만 아야노코지의 성격을 생각하면 지금 단계에서 경솔하게 나구모와 얽히려 들 리 없었다.

쿠시다 키쿄. 그녀의 나쁜 소문은 한 번도 들어본 적이 없다. 그야말로 뼛속까지 착한 아이.

"후후. 그런 사람일수록 의외로 악한 법이지."

적어도 사카야나기는 완전한 선 따위 믿지 않았다.

○변해가는 관계

C반의 이른 아침은 이상한 광경으로 막을 열었다.

카루이자와 케이를 중심으로 원 하나가 형성되어 있었는데, 그 원을 만든 여자애들 사이에 동요와도 비슷한 웅성거림이 일었다.

"오늘은 등교가 꽤 늦었네, 아야노코지."

수업 시작을 알리는 종이 울릴 때까지 5분쯤 남았을 무렵, 옆자리의 주인 호리키타 스즈네가 그렇게 물었다.

"늦잠 잤어."

"그래."

흥미 없다는 식으로 대꾸한 호리키타.

우리의 감정 없는 대화와는 달리, 케이 그룹은 깍깍거리며 신나게 떠들고 있었다.

"카루이자와, 히라타랑 헤어졌다나 봐."

"그래서 묘하게 안절부절못하는 느낌이었군. 대형 커플의 파국인가."

"아주 친절하게 교실이 떠나갈 듯 말하고 있으니 듣기 싫어도 내용이 귀에 들어온단 말이야."

지긋지긋하다는 듯 호리키타가 한숨을 푹 내쉬었다.

"너, 히라타랑 카루이자와랑 사이가 좋아 보이던데, 이미 알고 있던 것 아니야?"

"내가 어떻게 알아. 개인적인 문제를."

합숙 단계에서는 아직 히라타에게 말을 꺼내지 않은 듯했는데 마침내 실행에 옮겼나 보다.

학년 중에서도 가장 눈에 띄는 커플이었던 만큼 소문도 금세 퍼져나갔다.

제삼자가 이 사실을 들으면 틀림없이 놀라겠지.

이것으로 케이와 히라타의 표면상 연결고리는 사라졌다.

그렇다고 해서 여자 그룹의 구심력이 케이에게서 옮겨가거나 하지는 않겠지만.

유일한 예외가 있다면 그건 이 반에서 히라타의 마음을 훔치는 진짜 파트너가 탄생했을 경우인데, 그렇다고 해도 케이가 밀려나는 그림은 떠오르지 않았다.

설령 그 여자애가 케이를 무시하는 행동을 하려 한다 해도 누구보다 히라타가 먼저 막으려고 할 테니까.

그렇지 않다면 히라타가 가짜 커플이 되어 주면서까지 케이를 구한 의미가 없다.

"그래서, 누가 찼는데?"

호리키타에게 그렇게 물어보았다.

이 부분은 나도 정말 모르기 때문에 호리키타가 의심할 수 없다.

"카루이자와라는 것 같아."

"의외군. 좋은 남자랑 사귀는 것이 사회적 지위라고 생각하는 줄 알았는데."

"그러게. 적어도 난 그렇게 생각했는데…….."

순간 의심쩍은 눈으로 나를 쳐다보았다가 곧 시선을 돌렸다.

내 표정을 통해 얻을 수 있는 정보 따위는 있을 리 없다.

그걸 호리키타도 이해하기 시작했다는 증거다.

그나저나 케이가 히라타를 찼다니.

원래 케이가 제안한 가짜 커플. 누가 차고 말고 할 일이 애당초 일어날 수 없다.

아마 히라타가 케이에게 그렇게 하는 편이 좋다고 말했을 것이다.

만약 히라타가 케이를 찬 것으로 하면 케이에게 문제가 있는 게 되어 입장이 난처해졌을지도 모르니까. 아무튼 C반에 두 사람의 이별이 쇼킹한 사건이라는 건 지금 주변의 반응을 보아 잘 알 수 있었다.

다만 여자가 대단하다는 생각이 드는 건, 그런 연애 사정을 대놓고 말한다는 점이었다.

"뭐, 뭐라고? 카루이자와, 새 남자친구가 생긴 것도 아닌데 헤어졌다고?!"

시노하라의 거침없는 목소리가 교실에 울려 퍼졌다.

적어도 이케와 스도 무리는 잡담을 나누면서도 그 대화에 귀를 쫑긋 세우고 있을 것이 뻔했다.

"나도 말이야, 한 단계 발전해야 한다는 생각이 들었단 말이야. 요스케 군에게만 매달리는 건 쉽지만, 스스로 이런 저런 생각을 해보고 싶어졌어."

대형 커플의 파국은 C반에 영향을 주는 것은 물론 다른 반에까지 영향을 미치게 되리라. 틀림없이 여자들의 히라타 쟁탈전이 일어날 것이다.

"잘도 연애하려는 생각이 드나 봐. 이 학교의 규칙을 생각하면 내일에 대한 보장 따위 어디에도 없다는 걸 알 수 있을 텐데."

"내일에 대한 보장이 없으니까 더욱 열심히 현재를 즐기는 건지도 모르지."

"그게 남의 내일을 빼앗는 것으로 이어지지만 않는다면 부정할 이유는 없지만……."

한편, 화제의 인물 중 하나인 히라타 요스케는 평소와 다름없이 부드러운 표정으로 같은 반 남녀에 둘러싸여 앉아 있었다.

카루이자와에게 차였는데도 히라타에게서 비참한 분위기는 전혀 찾아볼 수 없었다.

이케나 스도가 놀리러 가지 않는 것이 그 훌륭한 증거.

아니, 어쩌면…… 이미 그런 유치한 것은 졸업했다고 말해야 할까.

다소 이야기를 신경 쓰는 것 같기는 했지만, 뒤에서 쑥덕거리지는 않았다. 오히려 나와 호리키타가 촌스럽게 말하고 있을 정도였다.

지금까지 치른 특별시험, 그리고 지난 합숙.

그러한 것들이 미숙한 아이들에게 조금씩 변화를 주기

시작하고 있다.

하지만 물론 모두 다 성장하고 있는 것은 아니다.

"요오, 히라타~. 너 카루이자와한테 차였다면서~? 괜찮아 괜찮아!"

눈치가 좀 생긴 것 같다, 그렇게 생각했는데 야마우치만은 달랐다.

히죽히죽 유쾌하다는 듯 접근해서 히라타의 어깨를 두드렸다.

그 모습을 본 이케와 스도가 불쾌감을 드러내며 가까이 다가가 야마우치의 양 겨드랑이를 붙들었다.

"야, 뭐야. 너희도 같이 히라타를 위로해주란 말이야. 훈남인데 차였다고!"

"그거 못된 취미야, 그만해라."

"뭐? 하지만 훈남이 차이다니, 이런 일은 쉽게 볼 수 없잖아?"

스도가 경고했지만 야마우치는 듣지도 않고 반론했다.

"미안하다, 히라타. 당장 데리고 갈게."

"괜찮아. 틀린 말도 아닌데 뭐."

기분 나빠 해도 이상하지 않은 상황이었지만, 히라타는 개의치 않는 모습이었다.

"그런데…… 이치노세에 대해 뭐 아는 거 있어?"

갑자기 옆에 있던 호리키타로부터 날아온 화제는 B반에 관한 것이었다.

"요즘 들어서 그 애를 비방하는 이야기 같은 게 들리던데."

"인기인을 질투하는 거짓말 같은 것 아닐까? 아니면 B반을 무너뜨리고 싶은 누군가의 전략이라거나. 무슨 내용인데?"

"……말로 하기에 좀 그런 것까지 섞여 있어서."

호리키타는 그렇게 말하며 구체적인 내용은 언급하지 않고 책상 서랍에서 노트를 꺼내더니 그곳에 몇 가지 글자를 써서 내게 보여주었다.

'폭력 사태를 일으킨 과거가 있다', '원조교제를 했다', '절도, 강도짓을 했다', '약을 한 이력이 있다' 등등.

웬만큼 불량한 녀석도 전부는 해보지 못했을 내용이 쭉 나열되어 있었다.

"잘도 이렇게까지 지독한 소문을 퍼트렸군."

"도저히 그런 애로는 안 보이는데……."

"소문만 퍼트리는 정도뿐이라면 죄를 묻진 않을 테니까."

"꼭 그렇지는 않아. 명예훼손은 진실, 거짓을 묻지 않고 공공연…… 그러니까 불특정 다수에게 퍼트리는 경우는 얼마든지 적용돼. 고소할 수 있어."

"그야 밖에서라면 그렇겠지."

하지만 이곳은 고등학교. 미성년자인 학생들 사이, 폐쇄적인 공간에서 일어난 일.

전 세계로 발신되는 인터넷에 올린 것도 아니다.

"도저히 죄를 묻지는 못한다는 거네."

사회적 처벌은 무리라도 학교 재량으로 벌주는 건 가능하다. 하지만 소문을 퍼트린 장본인, 그를 특정하기가 어려우리라. 자기가 소문을 키운 게 아니라 그냥 전해 들었을 뿐이다. 그냥 잡담을 나누다가 들은 것 같다는 식으로 말해버리면 그것으로 끝. 학교 측도 깊게 추궁하지는 못하고 결국에는 어영부영 끝나고 말겠지.

　기껏해야 더는 함부로 소문을 퍼트리지 말라고 주의 주는 것밖에 할 수 없다.

　어쨌든 이치노세를 망가뜨리는 전략이 착착 실행되고 있는 것만은 틀림없다.

　뒤에서 실을 잡고 조종하는 존재는 십중팔구 사카야나기. 하지만 그 사실을 아는 사람은 아직 많지 않다.

　"이치노세는 그래서 어쩌고 있대?"

　"거기까지는 나도 잘 몰라. 그 애랑 친한 것도 아니고. 게다가 잘못하면 우리가 일을 꾸몄다고 의심을 살 수도 있잖아."

　"하긴 그냥 방관하는 게 제일 현명한 건 사실이지."

　"그런데…… 이치노세한테 이런 진부한 전략이 통할까?"

　"진부하다고?"

　"아무리 나쁜 소문을 퍼트려도 줄 수 있는 타격은 뻔해. 이치노세의 학교 내 평판은 나조차 알고 있어. 아까 네가 말했듯이 질투 하나만 가지고 저지르기에는 너무 비참한 짓이야."

　"그럼 전략 미스인 거군."

"그래. 하지만 아니 땐 굴뚝에 연기 날까, 라는 말도 있잖아?"

"이치노세가 폭력 상습범이었다거나, 약물이라도 했다는 얘기야?"

"전부는 아닐지라도 뭔가 하나 정도는 했던 거 아닐까?"

물론 가능성은 아주 낮지만……. 그렇게 말을 덧붙였다.

과연 호리키타의 말대로 전부 거짓말 혹은 헛소문이라는 증거는 어디에도 없다.

사카야나기가 뭔가 있는 듯한 발언을 한 점을 봐도, 하나 정도는 사실이 포함되어 있을지도 모른다.

"뭐…… 생각한다고 답이 나오는 것도 아니지. 그보다 합숙 결과를 바탕으로 각 반의 현재까지 상황을 다시 정리해 봤어. 봐줄래?"

"으음────."

"흥미 없는 건 나도 알아. 알았으니까 그냥 머리에만 넣어둬."

"……그러지."

억지로 내 책상에 둔 노트의 페이지를 넘겼다.

1

아침에 일어난 히라타와 케이의 파국 소동이 아직 완전히 가라앉지도 않았는데, C반에 또 다른 연애 사건이 일어났다.

"실례할게."

방과 후가 되어 동아리에 가는 사람, 기숙사로 돌아가는 사람 등이 나타나기 시작했을 무렵, 너무도 의외인 한 인물이 등장했다.

"여기에, 야마우치 하루키 군 있어?"

교실에 남아 있던 학생들은 깜짝 놀라며 일제히 야마우치 쪽을 쳐다보았다.

이케와 기숙사에 돌아가 게임이라도 할 계획이었는지 야마우치는 게임 관련 공략집을 펼치던 중이었다.

"어? 나한테…… 무슨 일로?"

귀여운 아이를 보면 흥분하는 야마우치조차 이번에는 간 떨어지게 놀란 모양이었다.

야마우치를 부른 것은 무려 1학년 A반의 리더 사카야나기였다.

"잠시 시간 좀 내줄 수 있을까?"

"무, 물론……."

"……여기서 말하긴 좀 그러니까, 계단 옆 복도에서 기다리고 있을게."

다른 학생들의 시선이 신경 쓰였는지 사카야나기는 고개를 숙인 채 복도로 사라졌다.

순간 정적에 휩싸인 C반.

"아니아니아니아니! 이건 말이 안 되잖아!"

먼저 침묵을 깬 사람은 야마우치의 옆에 있던 이케였다.

스도까지 있었으면 더 큰 소란이 빚어졌겠지만, 그는 이미 농구부 연습을 하러 가고 없었다.

너무도 대담하게 등장해 불러낸 탓에 야마우치를 포함해 다른 학생들도 멍하니 굳어있었다.

그 와중에도 본능이 움직였는지, 야마우치는 곧 가방을 들고 일어섰다.

"미안! 잠깐 일이 생겼어!"

"그, 그래……."

"기다려, 야마우치."

"뭐, 뭐야, 호리키타."

당장이라도 교실을 뛰쳐나갈 기세였던 야마우치.

그런 그의 기세를 대번에 꺾어버리듯 호리키타가 입구를 가로막았다.

"역시 우리 C반을 쓰러트리기 위해 무슨 짓을 꾸미고 있는 거 아닐까?"

"뭐? 왜 이야기가 그렇게 돼?"

"너를 불러낸 이 상황이 이상하지 않냐는 말이야."

호리키타는 시종일관 진지한 표정으로 쟤가 너를 찾아왔을 리가 없다는 돌직구를 던졌다.

보통 사람이라면 대놓고 무시당했다는 걸 금세 알아차렸겠지만 역시 야마우치라고 해야 할까, 그는 오히려 긍정적이었다.

"빵을 물고 있던 전학생과 길모퉁이에서 부딪치고는 사랑에 빠진다······ 그런 왕도 몰라?"

"뭐? 빵······ 길모퉁이?"

야마우치가 무슨 말을 하는지 이해하지 못한 호리키타는 얼굴을 찌푸렸다.

하긴 야마우치의 말만 들어서는 무슨 소리를 하는지 알 수 있을 리가 없지.

합숙 때 사카야나기와 부딪쳐 그녀를 넘어지게 만든 야마우치를 목격했던 나는 야마우치가 그때 일을 떠올리고 있다는 걸 알 수 있었다.

"사카야나기가 기다리고 있으니까 난 간다."

야마우치는 호리키타의 우려 섞인 말도 한 귀로 흘리고 걸음을 뗐다.

"만약 이게 덫이면 어쩌려고 그래?"

"어쩌고 자시고, 덫이 아니라니까."

조금도 믿으려고 하지 않는 야마우치.

"물론 내가 우리 반의 러셀 웨폰인 건 사실이지. 하지만 괜찮아. 만에 하나 덫이라도 잘 해나갈 테니까."

뭘 어떻게 잘 해나가겠다는 것인지, 구체적인 대책이 있으면 들어보고 싶다.

십중팔구 아무 생각도 없으리라.

"······알았어. 네가 정 가겠다면 더는 막지는 않을게. 하지만 우리 반의 속사정에 관한 어리석은 발언만은 하지 마."

"걱정하지 말라니까. 나도 안다고."

그렇게 말한 야마우치는 씨익 웃으며 교실을 빠져나갔다.

이케를 포함해 일부 학생이 허둥지둥 야마우치의 뒤를 쫓았다.

"우리도 가보자."

그렇게 말한 사람은 하루카였다. 케세이와 아이리에게 말했는지 두 사람도 옆에 있었다. 굳이 거절할 이유도 없어서 나는 가볍게 고개를 끄덕인 후 자리에서 일어났다.

복도로 나오자마자 이케 등 몇몇 남학생의 모습이 보였다.

"아, 스톱, 스톱. 여기 여기!"

우리가 그냥 지나치려고 했을 때 박사가 우리를 발견하고 불러 세웠다.

"지금 저쪽에서 얘기하고 있어."

"……어, 뭐야, 그 말투는?"

박사가 '있소이다' 같은 평소 말투를 쓰지 않는 것을 알아차린 하루카가 중얼거렸다.

"합숙 때 교정 받은 모양이야."

박사가 진지한 말투로 바뀐 이유를 내가 보충 설명 해주었다.

"뭐랄까, 개성이 사라진 느낌? 뭐, 별로 관심 없지만."

하루카는 박사에게 금세 흥미를 잃은 것 같아, 우리는 야마우치와 사카야나기에게 관심을 집중했다.

"으음, 그래서 나한테 할 이야기란 게 뭘까……?"

긴장한 얼굴로 입을 떼는 야마우치.

사카야나기 역시 왠지 쑥스러운 투로 왼손을 들어 머리카락을 살짝 쓸어 넘겼다.

심리적 관점으로 본다면 이러한 행동은 관심 있는 이성에게 자신을 예쁘게 보이고 싶은 무의식의 표현, 이라고 할 수 있다.

"설마, 진짜로 사카야나기가 하루키에게 마음이 있는 건가?"

두 사람을 보며 이케가 왠지 분하다는 듯 중얼거렸다. 아마도 사카야나기의 표정이나 동작 하나하나를 통해 무의식적으로 그렇게 파악한 거겠지.

하지만 사카야나기는 의도적으로 그런 분위기를 연출하고 있는 거다.

그렇게 냉정하게 분석하고 있는데——.

"아니아니, 무슨 바보 같은 소릴, 엄청 악랄하잖아. 절대 야마우치를 좋아하는 게 아니야."

여자의 직감인지 하루카가 토하는 시늉을 하며 독설을 내뱉었다.

"으, 응, 나도 그렇게 생각해."

보고 있던 아이리 역시 그렇게 느꼈는지 하루카의 의견에 동의했다.

"남자란 참 단순하네. 어떻게 저런 거에 속아 넘어가? 누가 봐도 연기잖아."

"……진짜 연기라고?"

보면서도 몰랐던 케세이.

뭐, 실제로 속내를 읽으려고 하지 않았더라면 나 역시 몰랐겠지만……

"백 퍼센트 연기."

단언하는 하루카.

"호리키타가 말한 것처럼 우리 C반의 정보를 캐내려고 하는 건지도 몰라."

"하지만 그런 것치고는 너무 노골적이지 않아? 좀 더 그럴싸한 방식이 있을 텐데. 몰래 야마우치에게 접근하는 게 더 방심을 유도해서 성공률도 높을 거야."

"그건, 그렇지만……"

케세이의 말도 일리 있었다. 만약 야마우치를 덫에 걸리게 할 작정이었다면 접근 방법이야 얼마든지 있다. 굳이 C반 전체가 알게 행동해봐야 백해무익. 앞으로 문제가 일어난다면 틀림없이 사카야나기가 연루되었다고 판단하리라. 그런 의미에서는 케세이와 이케가 말했듯 사실은 야마우치한테 마음이 있어서…… 라고 생각하는 쪽이 훨씬 와 닿는다. 하지만 호전적이고 대담한 사카야나기라면 두 쪽 다 그럴싸하기도 했다.

"사실 예전부터 야마우치랑 얘기해보고 싶었어."

"지지지, 진짜? 진짜 진짜로?"

"이런 걸로 거짓말할 만큼 한가하지 않아."

여기서 멋대로 분석을 펼치는 동안, 두 사람 사이에 대화가 이어졌다.

"여기서는 말하기 좀 불편한데 이동하지 않을래?"

"그, 그렇지. 응, 그렇게 하자, 그렇게 해."

"그럼 따라와."

두 사람이 나란히 걷기 시작했다.

야마우치는 사카야나기의 느린 보폭에 속도를 맞춰주었다.

일단 최소한의 배려는 할 수 있는 모양이다.

아무리 그래도 더 이상 뒤쫓기는 어렵다고 판단했는지 다른 학생들은 두 사람의 뒷모습을 그저 눈으로 배웅했다.

2

동아리에 간 아키토를 제외한 아야노코지 그룹 전원이 카페에 모이자, 하루카가 곧바로 말을 꺼냈다.

"아까 야마우치랑 사카야나기, 그 뻔한 연극의 진상이 뭐라고 생각해?"

"뻔한 연극이라고 단정 지어도 되냐?"

케세이가 하루카에게 다시 물어보았다.

"그건―― 하지만. 내 말 맞지, 아이리?"

"나…… 그건 역시, 그러니까, 진짜 아닐까……."

볼을 살짝 붉히며 아이리가 말했다.

"엥? 하지만 일부러 그러는 것 같았잖아?"

"응, 행동은 그렇게 보였는데…… 케세이도 말했듯이 대놓고 C반에 찾아오면서까지 무슨 나쁜 짓을 할까 싶어서."

"그건, 그런 거지. 반대로 그렇게 생각하게 만드는."

굳이 모습을 노출시킴으로써, 너무 쉬우니까 덫이 아니라고 생각하게 만드는 것이다.

하긴 충분히 그럴 수도 있으리라.

"키요뽕이랑 유키무는 어떻게 생각해? 진짜 연애 쪽일 가능성이 있다고 봐?"

다시 질문하는 하루카.

"난 그런 쪽으로는 잘 모르니까 자꾸 묻지 말아줘."

더 이상 연애 이야기는 사양하겠다며 케세이가 대답을 거부했다.

필연적으로 하루카와 아이리의 시선이 내게 쏠렸다.

"야마우치와 사카야나기 사이에 지금까지 별다른 접점이 없는데 너무 갑작스러워. 연애 쪽으로 직결시키는 건 너무 안이하지 않을까?"

"키요뽕의 냉정한 의견! 연애에 과정은 필요 없다고 말하고 싶지만, 상대가 히라타 같은 애라면 몰라도 야마우치니까."

결국 지금 가진 정보로는 더 이야기를 확장시킬 수도 없었다.

이윽고 화제는 야마우치와 사카야나기의 연애 이야기에서 C반의 사정으로 바뀌었다.

"아, 히라타 이야기가 나와서 말인데…… 카루이자와랑 헤어졌다며?"

"그 커플은 별로 놀랍지 않다고나 할까, 난 언젠가 헤어질 줄 알았어."

"어? 그, 그래?"

"남자와 여자의 리더라는 커플링으로 보면 타당할지도 모르지만 말이지, 한쪽으로 너무 기울잖아. 뭐랄까, 히라타라면 좀 더 어른스러운 미인 같은 타입을 좋아할 것 같기도 하고."

"카루이자와도 귀여운 것 같은데…… 그렇게, 생각하지 않아? 키요타카 군은?"

뭐라 대답하기 어려운 질문을 아이리가 던졌다.

아니, 그렇다기보다는 그게 궁금해서 물어보았다고 할 수 있겠지.

"글쎄. 카루이자와한테 별로 주목해본 적이 없어서."

아이리가 어떻게 생각하고 있는지는 모르겠지만, 그렇게 대답해두는 수밖에 없었다.

"뭐~ 그렇겠지~. 아무튼 카루이자와는 둘째 치고, 문제는 히라타가 자유의 몸이 되었다는 거야."

때마침 하루카가 화제를 히라타로 돌려주었다.

"우리 반에도 히라타를 좋아하는 여자애가 꽤 있는 것 같은데 어떻게 되려나."

"그래?"

"엥, 몰랐어? 예를 들면 미짱도 틀림없다고 생각하는데."

"아…… 듣고 보니 가끔 히라타를 훔쳐봤던 것 같아."

"그렇지, 그렇지?"

케세이는 연애 이야기가 질렸는지 노트를 꺼내기 시작했다.

"잠깐 공부 좀 할게."

"아, 곧 학년말 시험이었나…… 우울한 걸 떠올려버렸다."

"너희 줄 것도 이래저래 만들어둬야 하니까."

하아, 하고 하루카는 테이블 위에서 무릎이라도 꿇을 기세로 고개를 숙였다.

학년말 시험에 관해서는 차바시라로부터 특별한 설명이 없었다. 즉 평소와 같은 필기시험.

낙제점을 받은 학생이 나오면 즉시 퇴학. 그런 거겠지.

"스터디는 언제부터 할 거야?"

"글쎄…… 15일에 치는 가시험이 끝나면 시작할까. 그때부터 학년말 시험까지는 거의 열흘 남짓. 출제된 문제랑 경향을 보면서 집중해서 공부하면 충분해."

"역시 유키무, 완벽한 계획이야. 찬성 찬성."

지금부터 공부하고 싶지는 않은 모양인지 하루카가 기뻐했다.

"학년말 시험이 끝나고 3월에는 분명 학년 마지막 『특별시험』이 기다리고 있을 거야."

"학년 마지막 특별시험……. 그런가, 이제 곧 1학년도 끝나네."

"이런저런 일이 많았는데 지금 와서 보니까 엄청 빨리 지나가버렸어."

아이리와 하루카가 각자 1년을 되돌아보았다.

"회상하기에는 아직 너무 일러. 학년말 시험을 통과하지 못하면 퇴학, 특별시험의 내용에 달렸어."

현실을 들이대는 케세이. 하루카 일행을 생각해서 한 말이었으리라.

"아."

케세이가 공부에 몰입하기 시작한 직후, 하루카가 뭔가를 알아차렸다.

그 시선을 뒤쫓으니 그곳에 이치노세의 모습이 보였다. 남자 몇 명, 여자 몇 명과 함께였는데 모두 B반 학생이었다. 우리와 같은 모임이겠지만, 겉으로 보기에는 학생들의 표정이 딱딱했다.

소문의 대상인 이치노세를 지키기 위한 배려처럼 보이기도 했다.

다만 이치노세는 그런 상황을 원하지 않으리라. 그녀는 평소와 다름없이 행동했는데, 친구들과 담소를 나누는 것은 물론이고 가는 곳곳마다 아는 얼굴에게 밝게 말을 걸었다.

신경 쓰이는 부분이 있다면 칸자키의 모습이 보이지 않는다는 것 정도일까.

이치노세의 측근답게 볼 때마다 늘 함께 있는 이미지였는데.

"지금 꽤 말이 많다던데."

그런 이치노세를 어딘지 차가운 눈으로 바라보는 하루카.

"······이상한 소문 말이지? 누가 퍼트린 건진 몰라도 너무 심해······."

"특별히 드문 일도 아니지 않아? 이번 건 내용이 너무 심하긴 하지만, 비슷한 일이야 꽤 많이 일어나잖아. 인기 있는 여자애가 짊어진 숙명이랄까?"

"그래?"

몰랐어, 하고 아이리가 이상하다는 표정을 지었다.

"만약 아이리가 이치노세처럼 적극적인 성격이었다면 지금쯤 널 질투하는 애들이 엄청 많을걸?"

하긴 그럴지도 모르겠다.

하지만 아이리는 자신이 적극적인 성격이라는 상상을 조금도 할 수 없는 듯했다.

생각해보긴 했는데 전혀 떠오르지 않았던 모양이다.

"뭐, 신경 쓰지 않는 게 최고 아닐까?"

그 정도는 이치노세도 알고 있겠지, 하고 하루카가 말했다.

나는 이 화제에 딱히 끼어들지 않고 하루카와 아이리의 대화에 그저 귀를 기울였다.

3

그리고 두 시간 정도 후. 여자들은 잡담을 나누고 케세이는 노트와 씨름 중이었다.

나는 이따금 하루카와 아이리의 대화에 끼어들기도 하며 아무 생각 없이 휴대폰을 만지작거리고 있었다.

그때 테이블에 놓여 있던 하루카의 휴대폰이 진동했다.

"아, 미야치다."

화면을 눌러 스피커 상태로 전화를 받는 하루카.

"동아리 끝났어?"

"미안, 좀 늦을 것 같아."

아키토가 살짝 긴장한 목소리로 늦겠다는 연락을 해왔다.

"어라, 혹시 남아서 더 연습해야 하는 거야?"

"아니…… 좀 성가신 일이 생길 것 같아."

"뭐야, 성가신 일이라는 게? 좀 더 이해하기 쉽게 설명해."

"A반이랑 B반이 시비 붙었어. 최악의 경우 싸움으로 번지면 말려야 되니까."

아키토가 직접 휘말린 것은 아닌 듯했다.

그런데 A반과 B반이?

조금 전 B반, 그 주요 멤버들의 얼굴이 머리를 스치고 지나갔다.

하지만 싸움으로 발전하는 경솔한 짓을 과연 이치노세가 시킬까?

"그런 건 그냥 내버려둬도 되잖아? 우리 반이랑은 아무 상관도 없는데."

"언젠가는 우리 일이 될 거라고."

그렇게 말한 아키토는 전화를 끊었다. 아키토는 평소 말수가 적은 편이지만 합숙 때 아무도 얽히고 싶어 하지 않던 류엔을 자기 그룹에 넣는 등 의외로 뜨거운 부분을 지닌 남자였다.

"누가 싸우고 있는 걸까……?"

그 부분이 궁금한지, 아이리가 물었다.

"싸움을 거는 건 항상 그 반으로 정해져 있었는데 말이지."

물론 지금 D반으로 추락한 류엔 반을 말하는 것이다.

"듣고 보니 그러네."

의외인 A반과 B반의 대립에 두 사람이 머리를 갸우뚱거렸다.

"있지, 아이리, 키요뽕, 잠깐 미얏치를 찾으러 가보지 않을래?"

"하, 하지만 위험하지 않을까?"

"뭐, 그럴지도. 어쩌면 일이 커져서 우리 반에 불똥이 튈지도 모르고."

놀리는 식으로 대답한 하루카.

아이리는 약간 겁먹은 듯 몸을 움츠렸다.

"괜찮아. 여차하면 미얏치가 어떻게든 해주지 않을까? 옛날에 좀 날렸던 모양이니."

"나, 날렸다고? 정말?"

"본인한테 살짝 물어본 것뿐이지만 말이야."

류엔을 상대로 겁먹지 않은 점을 봐도, 자신의 실력에 어느 정도 자신이 있을지도 모른다.

"뭐, 그리고 아이리가 위험해지면 키요뽕이 구해주겠지, 뭐. 안 그래?"

"……고려는 해볼게. 하지만 싸움은 봐주라."

"아하하하, 뭐, 별일 없을 거야. 이 학교에서 폭력 행위는 웬만하면 일어나지 않으니까. 아마도."

몇 번인가 전례가 있는 만큼 하루카는 마지막에 여지를 남겼다.

딱히 아키토 찾아 나서기를 거부할 명분도 없었기 때문에 따라가기로 했다.

4

궁도부로 향하는 길목에 아키토의 모습은 보이지 않았다.

"어라? 어디 간 거야, 미얏치."

아키토가 카페로 오려고 했던 것은 틀림없을 테니 오는 도중에 시비 붙은 무리를 발견하고 장소를 옮긴 것이리라.

우리는 셋이 똘똘 뭉쳐 아키토를 찾았다.

탐색을 시작한 지 몇 분이 지나 동아리를 마치고 돌아오는 같은 반 아이로부터 유력한 정보를 입수했다.

그리고 교정에서 조금 떨어진 체육관 근처에 도착했다.

그곳에 두 남학생이 서로 마주 보고 서 있었다.

두 사람 모두 하루카 일행이 예상하지 못했던 의외의 인물이 아니었을까.

한 사람은 1학년 A반의 하시모토.

또 다른 한 사람은 1학년 B반의 칸자키.

그리고 그 두 사람을 아키토가 지켜보며 서 있었다.

"진짜 싸우려는 건 아니겠지?"

"집요하네, 미야케. 애당초 트집 잡은 건 내가 아니라 칸자키 쪽이라고."

얽혀서 입장이 곤란하다는 태도를 보이는 하시모토와 내 눈이 마주쳤다.

"친구가 도착한 모양이네?"

하시모토의 지적에 아키토와 칸자키가 거의 동시에 우리를 쳐다보았다.

"……너희, 왔어?"

관여하지 않길 바랐던 모양이다.

하긴 이런 문제에 여자애들이 얽여서 좋을 것은 없다.

하지만 하루카가 무서운 기세로 끼어들었다.

"미얏치가 이상한 사건에 관여했으니까 그렇지. 우린 도와주러 온 거야."

"도와주러…… 말이지."

말하는 게 아니었는데, 하고 아키토는 후회스럽다는 듯 하늘을 올려다보았다.

"뭐야, 이 두 사람이 싸우고 있는 거야?"

이미 와 버렸으니 어쩔 수 없다며 아키토가 생각을 바꾸는 눈치였다.

"내가 착각했어. 다소 험악한 분위기는 맞지만."

"험악한 건 칸자키뿐이지."

하긴 하시모토는 평소와 다름없는 모습이었다.

하지만 아키토는 그 말을 그대로 믿지 않았다.

"그럼 다행이지만."

아키토는 이 자리를 떠나려고 하지 않았다.

언제 싸움으로 발전할지 모른다고 생각하는 듯했다.

한편 칸자키는 살짝 겸연쩍은 듯 우리를 의식했다.

요컨대 이 자리에 제삼자가 있는 것을 원하지 않는 모양이었다.

하지만 사람들을 물리칠 수 있는 상황이 아니라는 것 또한 알고 있었다.

그러니까 아무 말도 못하는 것.

결국 칸자키는 우리에게 한마디도 던지지 않고 하시모토를 다시 쳐다보았다.

"하던 말 계속할게, 하시모토. 방과 후에 뭐하고 있었지? 동아리에 소속된 것도 아닌 네가 이 시간까지 남아 있는 이유는?"

"동아리를 안 하면 빨리 돌아가야 하는 건가? 방과 후에 어디서 뭘 하든 자유잖아. 그리고 여기서 동아리 하는 사람은 미야케뿐 아닌가? 안 그래?"

말꼬리를 잡고 늘어지듯 하시모토가 우리를 적극적으로 끌어들였다.

칸자키와 달리 하시모토는 우리의 등장이 좋은 기회였던 모양이다.

우리 아야노코지 그룹은 일단 서로의 얼굴을 마주 보았다.

A반도 B반도 우리 편이라고 말할 수는 없다.

그렇지만 굳이 한 쪽에 붙는다면 그건 필연적으로 B반이 되겠지.

호리키타와 이치노세가 맺은 정전 협정이 있으니까.

"하, 대답이 없군."

우리가 하시모토의 질문에 침묵으로 답하자, 알겠다는 듯이 웃었다.

"넌 누구랑 만나기로 약속이 되어 있던 것도 아니야. 적당히 아무나 잡고『소문』을 퍼트렸지?"

표정은 평소와 같이 냉정한 칸자키였지만, 기세가 상당했다.

아무래도 칸자키는 이치노세에 관한 소문 때문에 하시모토에게 따지고 있는 모양이었다.

그게 싸움으로 발전할 것을 아키토가 염려해서 이런 상황이 된 것인가.

칸자키의 말투로 보아, 하시모토도 자신이 어느 정도 행동을 파악 당했음을 느낀 것 같다.

그가 두세 번 고개를 작게 끄덕였다.

"소문? 아아. 이치노세가 여러 가지로 나쁜 짓을 했다는 그거 말이야? 나와 그 소문이랑 무슨 상관이 있다고?"

"시치미 떼 봐야 시간 낭비다. 이 자리에서 분명히 말하지. 너희가 하는 짓은 악질 중의 악질이야. 그래서 류엔과 다를 게 뭐지?"

"나한테 그렇게 말해도 말이지. 뭐라고 대답해줄 수 있는 게 없어."

평소 속을 알 수 없는 면이 있는 하시모토는 칸자키의 추궁에도 태연했다.

아키토는 바로 주먹다짐이 일어나지는 않을 거라고 판단하고 거리를 벌렸다.

그리고 우리 옆으로 다가왔다.

"어떻게 할 거야?"

하루카가 작은 목소리로 아키토에게 물었다.

"어쩌고 자시고 일단 그냥 지켜보는 거지. 아무 일도 없이 헤어지면 그걸로 끝이야."

"그런데…… 우리가 들어도 되는 걸까?"

살짝 불안해하는 아이리의 마음도 이해된다.

이 대화 내용은 C반과 무관하다.

적어도 칸자키는 환영하지 않을 것이다. 그런 분위기를 풍겼다.

"어떻게 생각해, 키요타카."

아키토가 조언을 구했다.

"가라고 말할 때까지는 괜찮지 않을까? 혹시라도 이러다 싸움으로 번졌을 때 제삼자가 있는 게 정당성도 주장하기 쉬울 테고. 그건 칸자키한테도 메리트가 있을 거야."

그러자 아키토도 납득했는지 살짝 고개를 끄덕였다.

하시모토는 칸자키에게 소문에 대해 조금 더 깊이 파고들었다.

"야, 칸자키. 애당초 이치노세의 일, 정말 그저 소문일 뿐이냐?"

"뭐야?"

"아니 뗀 굴뚝에 연기 날까. 아마 많은 애들이 그렇게 생각했을 거다."

"소문은 불 없이도 연기를 낼 수 있어. 인간의 악의만 있다면."

하시모토는 근처에 있는 벽에 등을 기댔다.

"그렇군. 하긴 불이랑 소문은 다르지."

모든 세상일에 속담을 대입할 수 있는 건 아니다.

"하지만 이치노세한테 어두운 과거가 없다고, 넌 단언할 수 있어? 칸자키."

"거의 1년. B반에서 고락을 함께했어. 그렇기에 알 수 있는 것도 있어."

"그만해라, 칸자키. 닭살 돋아서 똑바로 못 쳐다보겠다."

그렇게 말하며 시선을 떨어뜨리는 하시모토.

"물론 이치노세한테도 직접 물어봤어."

"호오. 그래서 이치노세가 뭐라고 했는데?"

"소문 따위에 현혹되지 말고 신경 쓰지 않았으면 좋겠다. 그렇게 대답했어."

"그러니까 부정도 긍정도 안 했다는 거네?"

"그래. 그래서 믿기로 했다."

"야, 진심이야? 사람이 지나치게 착해빠진 거 아냐, 너?"

코웃음 친 하시모토가 바로 말을 이었다.

"자기 어두운 과거 따위, 말하고 싶지 않은 게 정상이야. 친구가 물어봤다고 해서 전부 다 털어놓을 리 없어. 그래서 반 친구한테 진실을 말하지 않은 거야. 그게 아니면, 지금 착한 사람이라고 해서 옛날에도 착한 사람이었다고 단언할 수 있어?"

하시모토의 흔들기.

하지만 칸자키는 동요하지 않았다.

이치노세를 굳게 믿고 있는 눈빛이었다.

"이치노세가 자기 오른팔이라고 해서 모든 이야기를 다 해주었다고? 어디까지 물러터진 거냐?"

마치 맹신하는 신자 같다며 하시모토는 어이없어했다.

오히려 더 이상 말해봐야 의미가 없다는 결론을 내렸을지도 모른다.

"지금 내가 묻는 건 그런 게 아니야. 네가 오늘 구체적으로 뭘 하고 돌아다녔는지야."

"좋아, 알려 주지. 네 말대로 난 남들한테 이치노세의 소문에 대해 얘기했어."

하시모토가 인정했다.

"야, 칸자키. 넌 머리도 좋고 배려심도 있는 남자야. 하지만 말이야, 그럴수록 이번 일은 깊이 파지 않는 편이 좋아. 믿는 것밖에 못 하는 인간은 어떻게 손쓸 수 없는 사건이니까 말이지."

"그 말은 소문을 취소할 생각이 없다는 거군."

"착각하지 마라. 내가 소문을 취소하고 말고 할 것도 없어. 소문은 생기자마자 곧, 어디서부터인지 모르게 퍼질 뿐이야. 나 역시 그 소문을 듣고 다른 쪽으로 옮겼을 뿐이고."

소문을 흘린 것은 인정하지만, 소문을 만든 장본인은 아니라며 딱 잘라 부정했다.

하지만 칸자키는 순순히 물러나지 않았다.

처음부터 소문의 출처가 하시모토가 아니라는 것쯤은 알고 있었기 때문이리라.

"최근 며칠 동안 너희 A반을 철저하게 조사했지."

"그래서?"

"소문의 출처는 전부 1학년 A반 남녀 몇 명이더군. 그래서 그 애들한테 소문을 어디서 들었는지 캐물었더니 죄다 '기억 안 난다', '그냥 어디서 들었다'는 식으로 애매하게 대답했어. 지금 너처럼 말이야. 이게 뭘 의미하는지, 너라면 알겠지, 하시모토."

모든 학생한테 지시를 내린 사람이 있다는 것.

"미안하지만, 칸자키. 도통 무슨 소린지 모르겠군. 괜찮으면 설명해줄래?"

"이치노세를 무너뜨리려 하는 소문의 출처는 틀림없이 1학년 A반에 있다는 거다."

"호오."

"발뺌할 생각 마. 1학년뿐 아니라 2학년이랑 3학년 중에도 너한테 소문을 들었다는 학생을 찾았거든. 필요하면 불러서 네 눈앞에서 사실을 확인시켜줄 수도 있어."

아무래도 칸자키 무리가 소문의 출처를 철저히 캐낸 모양이었다.

그리고 1학년 A반의 주도로 소문이 퍼졌다는 확신을 가졌다.

그러니까 지금 이런 식으로 하시모토를 만나고 있는 것이다.

여러 명을 대동하지 않고 칸자키 혼자 온 것은 이치노세를 배려해서이리라.

괜히 많은 인원이 소란을 일으키면 소문에 관심 없는 학생들도 관심을 드러내게 될 테니.

아니, 어쩌면 이 사건, 처음부터 칸자키 혼자 움직였을 가능성도 있겠군.

"그렇군. 그래서 오늘도 나를 스토킹 했다는 거네."

오늘'도' 라는 건 칸자키의 미행을 언제부턴가 알아차렸다는 뜻이리라.

그런데도 개의치 않고 행동했다.

자신에게 불이익이 생기지는 않으리라는 걸 잘 알았기 때문이다.

어깨를 움츠리며 한숨을 푹 내쉬었다.

"그 소문을 퍼트리라고 지시한 사람이 사카야나기인가?"

"아닌데?"

"그럼 누구야. 너희 A반에서 지시를 내릴 수 있는 사람은 사카야나기가 아니면 카츠라기밖에 없는데."

"글쎄? 나도 다른 애들이랑 똑같아. 그냥 어디서 들었을 뿐이야. 출처가 A반이라고 네가 말해도 나로선 짐작 가는 곳이 전혀 없어. 어쩌면 죽은 듯이 지내는 척하면서 류엔이 벌인 짓일지도?"

그럼, 하고 칸자키가 방향을 살짝 틀었다.

"너는 사실인지 아닌지도 모르는 이야기를 그대로 떠벌리고 다니는 거야?"

"보통 다들 그러지 않나? 진실이든 거짓이든, 흥미로운 소문이면 누구나 남한테 말하고 싶어지지. 그런 경험, 여자들은 남자들보다도 많겠지?"

그렇게 말한 하시모토카 하루카와 아이리 쪽으로 시선을 던졌다.

"뭐…… 소문을 좋아하는 건 사실인데……."

"슬프게도 그게 가십거리일수록 더 신나서 떠들지. 좀 더 객관적으로 생각해봐라, 칸자키. 이치노세는 그 소문에 긍정도 부정도 하지 않고, 아무한테도 도움을 청하지 않아. 이상하지 않냐? 그게 다 새빨간 거짓말이라면 근원지를 밝혀내기 위해 도와달라고 부탁해야 정상 아닌가?"

"이치노세는 갈등을 극단적으로 싫어해. 자기에 대해 나쁜 소문을 퍼트린 상대라 할지라도 동정할 여지가 있다고 생각하고 있을 거야."

이치노세가 말해주지 않는 이상 칸자키는 그저 믿을 수밖에 없다.

"진짜 B반 녀석들이란──."

어쨌든 지금까지 하시모토의 말투와 태도를 보고 나는 한 가지를 확신했다.

이치노세에 대한 소문은…… 역시 전부 다 '거짓'은 아니라는 사실.

일단 학생이라는 입장을 버리고 사회적 관점에서 이 사건을 풀어보았다.

당연히 이치노세는 소문을 퍼트린 상대를 명예훼손으로 고발할 수 있다. 소문의 내용이 진실이든 거짓이든, 공공연하게 남의 명예를 실추시켰으니 정당성은 충분하다.

단…… 거기에 사건의 공공성이 동반되지 않는 경우에 한한다.

만약 이번 사건이 사카야나기의 계획이라면, 당연히 책략을 펼치고 있겠지.

이치노세가 침묵으로 일관하고 있는 것도 그 작전이 제대로 작용하고 있다는 증거다.

하시모토는 칸자키의 어깨를 한 번 가볍게 두드리더니 호주머니에 양손을 찔러 넣고 걷기 시작했다.

"아직 말 다 안 끝났어."

"이제 됐잖아? 더 대화를 나눠봐야 평행선만 달릴 뿐 달라지지 않아."

하루카와 아이리에게 가볍게 손을 든 하시모토는 교정으로 돌아갔다.

그런 하시모토에게서 나는 기묘한 위화감을 느꼈다.

분명, 합숙 이후로 나를 보는 시선이 달라졌다는 생각이 들었다.

이건 어디까지나 직감에 가깝다.

무엇이 바뀌었고, 무엇이 달라졌는지 구체적으로는 모르겠다.

"실례."

칸자키도 우리에게 가볍게 고개를 끄덕이더니 교정이 아닌 기숙사 쪽으로 돌아갔다.

"왠~지, 굉장한 걸 목격해버린 것 같은 느낌."

"약간 즐겼던 거 아니야? 너."

아키토의 지적에 하루카가 혀를 쏙 내밀었다.

"하지만 폭력이란 건 자극적인 면도 있는걸. 만에 하나 공격당했더라도 미얏치가 어떻게든 해줬을 테고?"

그렇게 말하며 휙휙 잽을 날리는 포즈를 취하는 하루카.

"한때 좀 날렸다면서?"

그 흐름을 타고 내가 묻자, 아키토는 무거운 한숨을 내쉬었다.

"말하고 돌아다니지 마라, 하루카. 소문이 퍼지길 원하지 않으니까."

"뭐 어때? 이제 아니면 됐지. 역시 한 주먹 했어?"

"말해두는데, 난 소문이 자자한 불량학생 같은 게 아니었다고. 내가 다니던 중학교에는 짱이 따로 있었는데 나보다 훨씬 강했어."

"호오. 아주 거친 학교였어?"

"내가 살던 구가 원래 그쪽 세계 어른들이 애를 낳아 키우던 곳이었으니. 참고로 옆 중학교에는 D반의 류엔이 다녔어."

"헉, 진짜?!"

"그래. 몇 번인가 학교끼리 패싸움을 한 적이 있는데, 그때 봤어. 뭐, 녀석은 나 따위 안중에도 없었겠지만."

아키토는 싸움에 익숙하니까 조금 전 같은 상황에 강한 거겠지.

"이제 이 이야기는 끝내자. 그룹 밖으로는 퍼트리지 마라?"

"알았다니까. 그럼 카페로 돌아갈까, 유키무도 기다리고."

"그래."

우리는 어디까지나 제삼자.

깊게 관여하지 않는 것이 제일이라는 사실만은 분명하다.

○달라지지 않을 생각

목요일 저녁. 나는 기숙사로 돌아가는 이치노세의 뒷모습을 발견했다.

이치노세는 늘 남녀 가리지 않고 많은 아이에게 둘러싸여 있는데, 오늘은 웬일로 혼자였다. 어딘지 기운이 없는 것처럼 느껴졌다. 친구가 주변에 없는 건 우연이라기보다 자기가 스스로 거리를 둔 것 아닐까. 지금 학년에서 가장 주목받고 있는 인물이니까.

자칫 잘못해서 자신의 소문에 휘말리면 친구가 2차 피해를 당하게 될지도 모른다.

이치노세라면 그렇게 판단하고도 남을 것이다. 나는 지난번 칸자키와 하시모토가 나눈 대화를 떠올렸다.

살짝 말을 걸어볼까? 그렇게 생각했는데…….

나는 등 뒤에서 어떤 기색을 느끼고 행동을 멈추기로 했다.

휴대폰을 꺼내 카메라를 켰다.

핸드폰의 영상 모드를 셀프 카메라 모드로 전환했다.

그리고 아무렇지 않은 척 내 뒤를 살폈다. 나처럼 1학년 기숙사로 돌아가는 학생이 두 명.

그중 하나는 하시모토였다.

평소대로 걷고 있을 뿐이었지만, 지난번 일도 있고 도저히 우연이라고 생각할 수 없었다.

내 뒤를 밟고 있나?

하지만 뒤를 밟고 있는지 확인할 틈도 없이 또 다른 학생이 내게 다가왔다.

그 사람은 망설임 없이 내 쪽으로 접근했다.

나는 바로 카메라를 끄고 휴대폰을 주머니에 넣었다.

"저, 저기, 아야노코지. 잠깐 시간 있어……?"

뒤에서 내게 말을 건 학생은 바로 같은 반 왕 메이유였다.

이름이 어려워 다들 '미짱'이라고 부르는데, 속으로 그렇게 불러보니 그것만으로도 좀 쑥스러웠다.

"지금…… 잠시만 시간 좀 내어주면 안 될까? 의논하고 싶은 게 있는데."

나한테 의논을? 지금까지 그녀와는 접점이 거의 없었는데.

이렇게 직접 내게 말을 걸어온 것도 거의 처음이나 마찬가지다.

미짱 이외에 다른 누군가가 있는 것 같지도 않은데…….

이치노세는 우리의 존재를 알아차리지도 않고 점점 멀어져갔다.

지금 재빨리 뒤쫓아 가 말을 거는 것도 이상한 이야기이다.

"미안, 바빠……?"

"아니, 그냥 기숙사로 돌아가던 중이야. 괜찮아."

그렇게 말하자 미짱은 약간 기쁜지 한숨을 휴우 내쉬었다.

미짱과 대화를 나누는 사이에 하시모토는 나를 스쳐지나 기숙사로 돌아갔다.

쳐다보기는커녕 말도 걸지 않았는데.

"그런데── 나한테 의논할 일이라는 게?"

"여기서는 좀."

주위를 둘러보더니 머뭇거렸다. 길 한복판에서 말할 내용은 아닌 모양이었다.

"그래?"

기숙사가 가까웠지만 내 방으로 갈래? 라고는 아무래도 말할 수 없었다.

그렇다고 내가 미짱의 방에 가는 등의 선택지는 더 고를 수 없겠지.

"그럼 어디로 갈래?"

나는 미짱에게 장소 선택권을 넘기기로 했다.

잠시 고민한 후 미짱이 제안했다.

"카페……도 괜찮아? 귀가가 좀 늦어질 텐데."

본인이 카페를 희망한다면 내가 거절할 이유는 딱히 없다.

늦어진다고 해봐야 도보로 5분 10분 차이. 크게 문제될 것 없다. 미짱의 제안에 따라 우리는 케야키 몰의 카페로 자리를 옮겼다. 그나저나 익숙하지 않은 두 사람. 그래서 밀착해 걷기보다는 살짝 거리를 둔 이동이었다.

1

언제나 인기 많은 이 카페는 오늘도 역시 붐비고 있었다.

일반 고등학생으로서의 상식이 살짝 결여된 나조차 지금은 그 이유를 알 수 있다.

이곳은 이른바 초 메이저 기업이 출점한, 많은 사람 중에도 특히 여자애들에게 인기 많은 카페.

음료 한 잔의 가격도 고등학생에게는 비싼 수준이라 언제든지 쉽게 마실 수 있는 것들이 아니다. 아르바이트를 하지 않는 평범한 고등학생이라면 한 달에 몇 번 찾는 것이 고작. 하지만 이 학교 학생들에게는 반 포인트에 따라 돈이 지급되기 때문에 웬만큼 힘든 상황이 아닌 이상 많은 학생은 원할 때 얼마든지 카페에 가서 놀 수 있었다.

그러니 연일 사람이 붐비는 것도 필연인 셈이다.

그래도 자리를 아예 잡지 못할 만큼은 아니어서 우리 둘은 마주 보고 앉을 수 있었다. 다만 미짱은 한 번도 시선을 맞추지 않고 자기가 주문한 컵만 쳐다보고 있었다. 아이리와 비슷한 타입이겠지. 괜히 내가 먼저 나서서 부담 주면 그냥 입을 꾹 다물어버릴지도 모른다. 그래서 미짱의 반응을 가만히 기다리기로 했다.

나는 설탕을 가져오겠다고 말한 후 카운터로 가서 스틱 설탕을 하나 받았다.

그러면서 고개를 돌리지 않은 상태로 카페에 하시모토가 있는 것을 확인했다.

갑자기 커피를 마시고 싶어서 온 건 아니리라.

하시모토는 틀림없이 내 뒤를 밟고 있다.

사카야나기가 보낸 감시자? 아니, 그건 별로 와 닿지 않는다. 아직 사카야나기는 내 존재가 노출되는 것을 꺼리고 있다. 시킨다 해도 수족처럼 부리는 카무로에게 그 역할을 맡기는 것만으로 충분하리라. 하시모토가 어떤 인간인지 사카야나기가 파악하고 있다면 이런 일에 이용하기 적합하지 않다는 걸 알고 있을 터.

자칫 잘못해서 하시모토에게 내 정보를 주고, 그게 제삼자에게 퍼지는 것을 싫어하겠지.

그럼 독단적으로 내 뒤를 밟고 있는 건가?

합숙 때 하시모토가 보는 앞에서 쓸데없는 행동을 했던 기억은 없다.

단순히 그룹의 일원 중 하나에 불과했을 것이다. 류엔, 이시자키와 알베르트, 그리고 이부키. 가능성이 있는 인물을 떠올렸다가 다시 지웠다.

뭐…… 지금 생각해본들 결론은 나지 않겠지.

다만 머지않아 어떻게든 해결해야 할 문제가 될지도 모르겠다.

일단은 무시하고 미짱과 얘기를 나누는 게 우선이다.

1분 정도 뒤에 자리로 돌아온 직후, 미짱이 침묵을 깼다.

"저기…… 그게, 히라타에 관한 얘기야."

히라타에 관해서라.

"이것저것 알려줬으면 해서……."

"특별히 친한 것도 아닌데, 나랑 히라타는."

방패를 세우듯 바로 그렇게 대답했지만, 미짱은 의외라는 표정을 지어 보였다.

"하지만 히라타는 아야노코지가 제일 의지가 된다고 조언해줬는걸?"

"……그래?"

"응. 우리 반에서 제일 여물다고. 엄청 칭찬했어."

히라타에게 칭찬받았다는 점은 솔직히 기쁘지만, 이런 식으로 이야기가 진행되면 성가셔질 것 같은데. 히라타가 나를 지목한 것도 이해는 간다만.

물론 믿을 만한 학생이야 많지만, C반으로 한정하면 복잡하겠지.

남자 중에서는 히라타 다음에 내가 뽑혀도 이상하지 않다.

그나저나 히라타에 대해서라니.

하루카와 나눴던 대화를 떠올리니 왠지 짐작이 갔다.

"최근에, 히라타랑 카루이자와가, 그러니까…… 헤어졌다는 이야기, 알고 있지?"

"그렇지."

그게 뭐? 하고 모르겠다는 식으로 대했다.

"그, 그게, 저기……."

몇 번인가 머뭇거린 후 마침내 본론을 꺼냈다.

"……히, 히라타 말인데, 혹시 지금, 좋아하는 사람 있어?"

그렇게 물었다. 이럴 때는 뭐라고 대답해야 정답일까.

그런 생각을 잠시 했지만, 솔직히 답해주는 게 가장 낫겠다 싶은 생각이 들었다.

"없지 않을까?"

"저, 정말로?"

"물론 반드시 그렇다고 단언할 수는 없지만, 내가 알기로는 없어. 애당초 카루이자와에게 차인 지 얼마 안 됐으니까 누군가를 좋아하기에는 너무 이르지."

그건 그래, 하고 미짱도 뛰는 가슴을 진정시키며 말했다.

"궁금해서 그런데, 하나만 물어봐도 될까?"

"으, 으응."

"언제부터 그러니까, 히라타를 좋아하게 된 거야?"

"뭐어어어어어어~~~~~엇?!"

내가 이상한 질문을 했나. 미짱이 얼굴을 붉게 물들이며 당황했다.

"그그그, 그런 걸 물어보는 거야?"

"아니, 대답하기 힘들면 굳이 대답하지 않아도——."

"——입학식 후?"

말하는 거냐.

"나, 좀 어리바리한 면이 있는데…….."

히라타와의 만남, 그것이 사랑에 빠진 계기.

그 이야기를 미짱은 빠짐없이 털어놓았다.

"……그런 느낌, 이랄까. 그렇게 된 거야."

"그렇군."

여러 가지가 있지만 하나 분명한 것. 그건 바로 히라타의 다정함에 반했다는 사실이다.

"하지만——."

히라타와의 첫 만남을 얘기하며 볼을 붉히던 미짱은 금세 현실로 다시 끌려온 듯 표정이 어두워졌다.

"나는…… 나 따위는, 히라타의 여자친구가 될 수 없겠지……."

"어째서?"

왜 그렇게 단언하는지 궁금해서 되물었다.

"그야, 라이벌이 너무 많잖아…… 그리고 난 연애 같은 거, 해본 적도 없고……."

좋아하는 마음은 차고 넘치지만 실행으로 옮길 용기가 없는 모양이었다.

연애 경험 여부가 핸디캡으로 이어진다고는 별로 생각하고 싶지 않은데, 그렇다고 전혀 영향이 없느냐고 물어본다면 꼭 그렇다고 말할 자신은 없었다.

"음, 미짱은…… 아, 미짱이라고 부르는 건 좀 그런가?"

"아니야, 전혀 상관없어. 다들 그렇게 부르는걸. 우리 부모님은 두 분 다 중국인이시지만, 일본에서 생긴 내 별명을 좋아하셔서 두 분 모두 미짱이라고 부르셔."

그러니까 혼혈이 아니라는 얘기인가.

"여기에는 유학 온 거야?"

"응. 중학교 1학년에 올라갈 때 아버지가 일 때문에 일본에 오시게 돼서."

그래서 가족이 다 같이 일본으로 이사 온 건가.

"힘들지 않았어? 언어의 벽이라던가."

"처음에는 힘들었지. 말보다도, 친구를 사귈 수 있을지 걱정돼서…… 하지만 내가 입학한 중학교에는 영어를 잘하는 사람도 아주 많아서 잘 극복할 수 있었어."

그러고 보니 미짱은 영어를 잘했던 기억이 있다.

영어로 소통하면서 중학교 3년 동안 일본어를 완벽하게 마스터 했나 보다. 중국인은 일본인보다 훨씬 엄격한 경쟁 사회 속에서 공부하고 있다고 들었다.

아마 미짱도 그런 높은 수준의 학습을 받아왔기 때문에 일본에 잘 융화될 수 있었던 것이리라.

이제 아이리와 마찬가지로 소통 능력을 키워나가는 일만 남았다.

"나한테도 기회, 있을까……."

"무책임한 말은 할 수 없지만, 충분히 있지 않을까?"

"정말?"

"거짓말은 안 해. 다만……."

"다, 다만?"

불안하게 만들겠지만, 문제점도 알려줄 필요는 있겠지.

"히라타는 좋은 녀석이잖아?"

"응."

"그러니까 어쩌면 다음에 누군가를 사귈 때에는 신중하게 결정하지 않을까? 그 녀석, 성격상 카루이자와를 행복하게 해주지 못했다는 책임을 느끼고 있을지도 모르니까."

그렇구나…… 하고 미짱이 고개를 끄덕였다.

"그렇겠어. 나도, 지금 당장 고백…… 은 못할 것 같고."

"라이벌이 신경 쓰일지도 모르지만, 성급하게 고백했다간 거절당할 가능성이 높아 보여."

천천히, 차근차근 다가가는 게 좋다고 충고해주었다.

물론 진짜 그런지는 히라타에게 물어보지 않으면 모르는 일.

하지만 지금 시점에서 히라타가 쉽사리 여자애랑 사귈 가망은 별로 없다.

분명 고백하는 여자애 대부분과는 사귀지 않는 선택지를 고르리라.

그런 의미에서는 천천히 공략하는 편이 승산 있다.

"……나 말이야, 아야노코지를 좀 오해한 것 같아."

"오해?"

"그게, 평소에 별로 말하지 않는달까, 말수가 적으니까……. 무서운 이미지가 좀 있었거든. 그런데 이렇게 직접 얼굴 보고 얘기해 보니까, 엄청 편하다고 할까, 아아, 진심으로 내 이야기를 들어주는구나 싶어서……."

아무래도 나는 칭찬받고 있는 것 같다.

다만 진심으로 들어주고 있다기보다는 무의식중에 대화를 분석하고 있었을 뿐. 그 정보가 장차 내게 유익할지 무익할지, 이용할 수 있을지 없을지 따져보고 있었을 뿐인데. 상대가 그렇게 느꼈다면 나야 좋지만.

좀 더 깊이 파고들어 가 볼까? 지금이라면 이것저것 알아낼 수 있을 것 같다.

"어라? 미짱이랑…… 아야노코지?"

겨우 무거운 입이 열려서 지금부터 이것저것 파악하려고 생각하던 찰나 1학년 D반의 시이나 히요리가 등장했다. 나는 입을 열려다가 도로 닫았다.

"히요리짱, 안녕."

히요리짱, 미짱이라는 서로의 호칭을 볼 때 두 사람은 나름대로 친분이 있는 관계 같았다.

"혹시 두 사람, 데이트?"

"아아, 아니야, 그런 거 아니야, 히요리짱."

당황해서 벌떡 일어나 온힘을 다해, 손발을 휘저어가며 부정하는 미짱.

그렇게까지 과하게 부정하다니, 왠지 상처 받는다.

"그럼 나도 껴도 될까?"

"물론이지. ……그래도 돼?"

"그래."

"고마워."

히요리가 기쁘다는 듯 미소 짓더니 미짱 옆 의자에 앉았다.

"보기 드문 조합인데, 무슨 이야기 중이었어?"

"그, 그게……."

좋아하는 사람에 관해서, 라고는 미짱도 대답하기 힘든 모양이다.

"중국에 관심이 있어서 좀 물어봤어."

"중국······?"

"어. 한번 가보고 싶은 나라 중 하난데, 미짱이 중국에서 왔다고 하니까 물어본 거야."

그렇지? 하고 미짱을 쳐다보았다. 그러자 허둥지둥 두세 번 고개를 끄덕였다.

"좋지, 중국. 나도 만리장성 같은 거 엄청 관심 있어."

두 손을 모으고 환하게 웃는 히요리.

아무래도 예상보다 구미가 당기는 화제였던 듯하다.

"중국 하면 빼놓을 수 없는 관광지지. 하지만 개인적으로는 핑야오 고성에 가보고 싶어."

"핑야오 고성?"

처음 들어본다는 표정인 히요리.

한편 미짱은 내가 그것을 알고 있자 눈을 동그랗게 떴다.

"세계유산인데, 잘 알고 있네······."

"어디서 주워들은 지식일 뿐이지만."

"그런데 두 사람은······ 친구?"

나와 히요리가 자연스레 대화를 나누는 모습을 보고 미짱이 물었다.

"응. 독서 친구야."

"뭐, 틀린 말은 아니지."

"독서 친구······?"

잘 이해가 안 되는지 미짱이 이상하다는 표정을 지었다.

하지만 그 후, 곧 긍정적으로 생각을 바꾼 모양이었다.

"반을 초월해서 친구가 되다니 좋다."

그렇게 말했다.

아마도 합숙 이전까지는 다른 반 친구가 없었으리라.

"나도 그렇게 생각해. 서로 적대시하는 게 학교생활의 전부인 것도 아니고."

기본적으로 남과 경쟁해야 하는 고도 육성 고등학교.

많은 학생은 같은 반 이외, 즉 다른 반 학생을 라이벌로 의식하는 경향이 짙다.

하지만 이런 시기까지 오니 반을 넘어 우정을 키우는 학생도 늘어나기 시작했다.

학교 측도 그런 목적이 어느 정도 보일 듯 말 듯했다.

그렇지 않다면 그런 합숙 같은 규칙을 만들 수 없다. 다만, 나중에 이것이 마이너스 요소가 되지 않으리라는 보장은 없다. 강제로 서로 으르렁대는 관계로 만들 때, 어중간한 우정은 오히려 역효과를 낳는 경우도 있으니.

2

"오늘 고마웠어, 아야노코지."

"아니야, 인사는 내가 해야지. 일방적으로 중국에 대해 물어봤는데."

"아, 그, 그런가. 그러네."

무심코 감사 인사를 해버리고만 미짱은 쑥스러운지 검지로 볼을 긁적였다.

"그럼 난 우편함 좀 확인하고 올라갈게."

엘리베이터에 올라탄 미짱과 히요리에게 그렇게 말하고 등을 돌렸다.

나는 일주일에 한두 번 우편함을 확인한다.

물론 다른 학생도 비슷한 빈도이리라.

우편물은 주로 학교에서 보낸 게 많지만, 개인끼리 주고받는 택배가 와 있을 때도 있다. 아니면 학교를 경유한 통판 등이다.

다만 내가 확인하고 싶은 것은 그러한 일반적인 게 아니다.

"오늘도 없나."

아버지가 학교를 찾아온 이후로는 정기적으로 우편물을 체크하고 있다.

어떤 식으로 접촉해도 이상하지 않은 시기이기 때문이다.

특별한 수확 없이 엘리베이터로 돌아오니, 히요리가 나를 기다리고 있었다.

"잠깐 좀 괜찮아?"

"어."

우리는 엘리베이터 앞에서 벗어나 로비에 있는 소파 쪽으로 갔다.

"아까는 미짱이 있어서 물어보지 못한 게 있는데……."

주위를 살짝 의식하며 히요리가 입을 열었다.

"이치노세에 대해서 뭐 들은 거 없어?"

"어떤 거? 이상한 소문이라면 일단은 알아."

"응, 그거. 그 소문, 누가 퍼트리고 다니는지 알아?"

"아니…… 모르는데."

사카야나기 혹은 하시모토의 이름을 대는 건 간단하지만 그렇게 하지 않았다.

"솔직히, 난 이치노세가 괴롭힘 당하는 모습을 보는 게 싫어. 그 애는 나같이 친구가 별로 없는 애한테도 똑같은 태도로 대해주거든."

그러고 보니, 지난 합숙 때 히요리와 이치노세가 같은 그룹이었던 것 같다. 같이 밥 먹고 같이 자면서, 다른 학생들보다 강한 인연을 느꼈던 것이리라.

"아야노코지."

히요리는 뭔가를 결심한 눈빛이었다.

"원래 난 누군가를 다치게 만드는 걸 좋아하지 않아. 하지만 친구를 지키기 위해서라면 때로는 싸울 필요가 있다고 생각해."

"그렇지. 너나 할 것 없이 다 돕는 건 가능할 리도 없어."

"이치노세와는 적대 관계이지만, 분명 도울 방법이 있을 거야. 방법은 아직 잘 모르겠지만……."

"도움이라고? 그럼 호리키타한테 의논해보는 게 좋겠군."

그렇게 말한 나는 히요리에게 호리키타를 소개해주려고

했다.

"호리키타 말이야?"

하지만 히요리의 표정이 심드렁했다.

"어쩌면 C반도 이치노세 쪽에 서게 될지 몰라."

그렇게 되면 세 반이 A반을 포위하는 전개도 일어날 수 있다.

하지만 히요리는 기뻐하는 모습을 보이지 않았다.

"그냥 아야노코지가 하면 안 돼?"

"나는 우리 반에 영향력이 전혀 없는데."

"그런 거야?"

이상하다는 듯 고개를 갸우뚱거렸다.

"여자는 호리키타. 남자는 히라타. 둘 중 하나한테 말하는 수밖에 없어."

"그래……?"

어딘지 아쉽다는 투로 히요리가 어깨에 힘을 뺐다.

"마음에 안 들어?"

"아니…… 다만 난 호리키타나 히라타랑은 면식이 없기도 하고……. 아야노코지라면 되겠다고 생각했거든."

어깨가 축 처졌다. 겉으로 보기에 충격을 받은 것 같았다.

"미안하다. 도저히 불가능한 일도 있으니까."

"아니야…… 내가 멋대로 생각해서 일방적으로 말한 거니까."

그렇게 말하고 고개를 숙였다.

"일단 내가 먼저 가볍게 얘기 해볼까?"

"그래. 그렇게 해줄래?"

일단은 그렇게 말한 히요리였는데…….

"미안. 역시 다음 기회에 할게. 자칫 잘못해서 이야기가 퍼지면 그만큼 이치노세한테 피해가 갈 가능성도 있으니."

"그렇군. 그럴지도 모르겠다."

이치노세에게 덫을 놓은 녀석들이 다음에 또 어떤 계략을 꾸밀지 알 수 없는 상태다.

경솔한 자극은 역효과. 이치노세의 소문을 진실에 가깝게 만들 위험도 있다.

3

방에 돌아온 나에게 채팅 메시지가 도착했다. 호리키타가 보낸 것이었다.

'잠깐 괜찮니?'

답장을 보내지 않고 물끄러미 바라보고 있으니 메시지가 연속으로 날아왔다.

'바로 읽은 모양이니까 내가 그냥 쭉 이야기할게. 오늘 밤에 이치노세가 내 방에 올 거야. 너도 오지 않을래?'

그런 예상 밖의 내용.

원래는 대충 읽기만 할 생각이었는데, 답장을 보내기로

했다.

'무슨 경위로 그렇게 된 거야?'

'B반이랑 동맹을 맺었잖아. 상황에 따라 도움을 주는 건 당연해. 그런데 이번 일은 전모가 너무 안 보여. 그래서 본인에게 직접 물어보려고.'

그래서 이치노세에게 연락해 만나기로 했다는 건가.

꽤 대담한 행동이군.

거절하는 건 간단하다.

나중에 호리키타에게 물어보면 어떤 대화가 오고갔는지 정도는 말해주겠지.

그렇다곤 하나 전모를 전부 알 수 있는 건 아니다.

측근인 칸자키조차 이치노세에 대해 잘 모르는 부분이 있는 눈치였다.

그렇다면 내가 직접 이치노세를 보고 대화하는 편이 보다 진실에 가까워질 수 있으려나.

문제는 여기서 한 발을 들이면 나까지 관계자가 되어버리고 만다는 것.

어떻게 하지.

잠깐 고민한 후 나는 호리키타에게 메시지를 보냈다.

'몇 시에?'

'7시야.'

조금 늦은 시각.

다른 학생들 눈에 띄지 않게 하려는 배려겠지.

'알았어. 출발하기 전에 연락할게.'

나는 호리키타와 함께 이치노세를 만나기로 결정했다.

4

약속 시각이 될 때까지 나는 방에서 뒹굴뒹굴하며 느긋하게 시간을 보냈다.

그러다가 오후 7시가 되기 5분 전, 방을 나와 호리키타의 방으로 걸음을 옮겼다.

거의 동시에 옆 엘리베이터에서 이치노세가 내렸다.

"앗. 안녕, 아야노코지."

나는 가볍게 손을 들어 대꾸했다.

"실례 좀 할게."

"아하하. 나도 마찬가지이지만."

그렇게 말한 이치노세의 주도로 초인종을 누르니 곧 잠겨 있는 문이 열렸다.

"들어와."

7시인 약속 시각. 동시에 도착해도 이상하지 않기 때문에 호리키타는 특별히 아무 소리도 하지 않고 안으로 안내했다.

나는 아무 바닥에나 대충 앉았다.

호리키타의 방은 예전에도 온 적이 있는데, 그때랑 달라진 점이 하나도 없었다. 내 방과 비슷하게 색깔이라고는 없는 방이다.

"평일 밤에 불러내서 미안해, 이치노세."

"나를 배려해준 거잖아? 사과할 일이 아니야."

이렇게 대하는 모습만 보면 평소와 다름없는 이치노세였다.

"자, 그럼…… 너무 늦어지면 내일에 영향을 미칠 테니까 길게 얘기할 생각은 없는데……. 일단, 여러 가지로 불안하게 만드는 소문이 돌아다니고 있지?"

"그래. 그 소문을 퍼트리고 다니는 사람이 누구야?"

호리키타가 단도직입적으로 이치노세에게 물었다.

나로서는 이치노세가 솔직하게 대답해줄지도 궁금한 부분이다.

"절대라는 보장은 없지만, 사카야나기가 아닐까?"

그렇게, 내가 생각한 것보다 훨씬 분명하게 대답했다.

만약 이게 절반 이하의 확률이었다면 이치노세는 특정 인물의 이름을 내뱉지 않았으리라. 무의식중에 남을 의심하는 짓을 하는 타입은 아니니까 말이다.

그런 부분을 통해 보이는 사실.

적어도 이치노세에게는 사카야나기가 소문을 뿌리고 있다는 확신이 있다는 뜻이다.

"사카야나기……. 왜 그럴 가능성이 높다는 거야?"

"이해하기 쉽게 말하면 선전포고를 받았으니까? 그것만 으로는 납득이 가지 않아?"

사카야나기가 호전적인 성격이라는 건 호리키타도 알고 있으리라.

카츠라기를 내치기 위해 자기 반 내부에서 깊이 대립했던 부분을 생각해봐도. B반을 함정에 빠트리려고 리더 이치노 세를 표적으로 삼는 건 쉽게 상상할 수 있다.

"아니. 그거면 충분해."

호리키타도 나처럼 생각하기에 더 이상 깊이 물어보려고 하지 않았다.

"아무 근거 없는 소문 때문에 네가 타격을 받고 있다는 거 네 결국."

"음…… 그건 글쎄."

"왜 소문을 부정하지 않아?"

"미안해, 호리키타. 그 부분에 관해서는 대답해줄 수 없 어. 호리키타랑 아야노코지는 내 친구지만 다른 반. 협력 관 계이긴 해도 언젠가는 대결해야 할 운명이잖아?"

물어보면 무엇이든 대답해 줄 것 같은 이치노세가 그렇게 말하며 답변을 거부했다.

하지만 당연한 선택이겠지.

"무리해서 캐물을 생각은 없어. 하지만 침묵은 곧 소문을 인정하는 거나 마찬가지라고 받아들여질걸."

"소문을 듣고 어떻게 받아들일지는 호리키타, 그리고 모두의 자유야. 하지만 난 이번 일에 관해 과하게 반응할 생각은 전혀 없어. B반을 휘젓기 위한 사카야나기의 전략. 그 유일한 공략법은 침묵이라고 생각하니까."

이치노세가 미소 지었다. 평소와 다를 바 없는 자연스러운 모습이었다.

이런 식의 괴롭힘은 어디에서나 일상다반사로 일어나고 있으며 100% 해결 방법이 없는 상황이다. 과도하게 반응하든, 혹은 침묵으로 일관하든 결국 구경꾼들은 자기들 좋을 대로 떠들어댄다. 억측으로 모든 일을 진행한다. 그러니 이치노세는 처음부터 아무런 반응도 하지 않고 시간이 지나가기를 기다리는 선택지를 골랐다.

"내가 오늘 호리키타를 만나서 이야기하려고 생각한 건 이 일에 부주의하게 개입하지 않았으면 해서야. 내가 모처럼 침묵으로 일관해도 주변 사람들이 들고 일어나면 진화하는 데 시간이 많이 걸려. 그리고 무엇보다도, 나를 돕기 위해 C반이 사카야나기한테 찍힐 필요는 없어. 난 정말 괜찮아."

이치노세는 미소를 유지한 채 힘차게 고개를 끄덕였다.

"……네 마음이 굳건하다는 건 잘 알았어. 진실이 어떻든, 그런 나쁜 소문이 퍼지면 누구라도 타격을 받게 되어 있어. 그런데도 넌 너뿐만 아니라 주위 사람들까지 생각하고 있네."

"나 그렇게 멋진 사람 아니야."

조금 쑥스러워하며 이치노세가 말을 이었다.

"그러니까 너희도 평소대로 해줘. 내 문제는 내가 잘 정리할 테니."

이치노세는 그렇게 말하자마자 재빨리 머리를 숙였다.

호리키타에게 나서지 말라고 당부하기 위해 굳이 온 모양이다.

"칸자키 일에 대해서는 알고 있어?"

괜한 소리일지 모르겠다고 생각하면서도 나는 살짝 간섭하기로 했다.

"칸자키?"

"저번에 A반 하시모토한테 가서 소문 퍼트리지 말라고 부탁하던데. 아니, 부탁과는 조금 다를지도 모르겠지만."

"그래……? 칸자키는 다정하니까. 가만히 있어도 된다고 말했는데 말이지."

"아마 칸자키만 그러는 게 아닐 거야. 너를 위해 반 아이들이 어떻게든 해결하려고 노력 중일걸."

호리키타는 칸자키에 관해 처음 듣는 모양이었지만, 호리키타가 한 추측은 아마 맞으리라.

"애들한테 다시 한번 말해놓을게. 오늘 이야기는 이쯤 해서 끝내도 될까?"

"정말 괜찮겠어?"

혹시 몰라 호리키타가 이치노세를 붙잡고 다시 확인했다.

"물론이야."

망설임 없이 대답하는 이치노세.

"걱정해줘서 고마워. 아야노코지도 밤늦은 시간에 고마

웠어."

"아니야. 난 부록 같은 거니까."

호리키타는 이번에는 이치노세를 잡지 않았다.

이치노세는 우리에게 잘 자라고 인사하고 방을 빠져나갔다.

"정말 별일 없으려나."

"글쎄, 어떨지."

겉으로만 봐서는 평소와 다르지 않았다.

씩씩하게 행동하고 있다기보다 별로 생각하지 않으려고 한다. 그런 인상이었다.

"내가 어떻게 해야 한다고 생각해?"

"의견을 원하는 거야?"

"응. 솔직하게."

호리키타가 망설임 없이 대답했다.

"아무것도 하지 않는 거야."

"그 이유는?"

"이치노세가 말했듯 소문의 출처가 정말 사카야나기일 경우, 네가 이 사건에 관여하면 C반이 찍히게 될지도 몰라."

"그러네. 하지만 만약 이치노세가 사카야나기한테 지면? 사카야나기의 다음 창끝은 C반인 우리가 되지 않을까?"

어떻게 하든 결국에는 표적이 될 거라고 말하고 싶겠지. 그건 당연한 이야기이다.

"늦든 빠르든, 우리 반은 표적이 될거야. 하지만 그때가 되면 성가신 B반 리더가 무너지고 없어. 그건 그것대로 고마운 이야기지."

"……이치노세가 어떻게 돼도 상관없다는 말이니? 아주 냉철하구나."

"냉철? 원래 넌 그런 태도 아니었나? 우리 반 애를 돕는 거면 또 모를까, 이치노세는 다른 반이야. 언젠가는 싸워서 쓰러트려야 할 상대지. 그런 대상을 대신 무너뜨려 준다면 환영해야지 걱정할 필요는 없어."

"그 애랑은 함께 싸우기로 약속한 관계야. 사카야나기를 비롯한 A반이 무너지고 B반과 일대일 대결을 펼칠 상황이 올 때까지——."

"그건 어디까지나 이상론이잖아?"

우리 입맛에 맞게 A반이 C반까지 추락하고, 이치노세와 우리가 A반과 B반으로 올라가고 나면 서로 대결을 펼친다. 그런 건 꿈같은 이야기에 불과하다.

게다가 부탁을 해왔으면 또 모르겠지만, 이치노세 본인이 도움을 거부하고 있다.

입학 초기의 호리키타였다면 좀 더 일찍 납득했을 터다.

뭘 어떻게 해서 지금과 같은 생각을 하게 되었을까.

하긴, 쿠시다와의 관계 개선을 목표로 삼고 있으니 그럴 수도 있나.

"그냥 내버려두는 게 맞아."

"그래, 그렇지……."

사실은 호리키타도 그래야 한다는 걸 알고 있다.

그러니까 내게 강하게 반론하지 못하는 것이다.

지금 우리는 동맹 파트너로서 걱정하고 있다, 도와줄 마음이 있다는 사실을 이치노세에게 어필했다. 그걸로 충분하다고 봐야 한다. C반은 눈에 띄지 않게 조용히, 다른 반에 아부하면 그만이다. 윗반끼리 서로 발톱을 세우는 동안 천천히 접근하는 게 상책.

다만, 여기서 중요한 것은 '도와주면 안 된다'가 아니다.

의견을 물어보았으니 이렇게 대답했을 뿐, 어떻게 할지는 최종적으로 호리키타가 정할 일.

하지만 아마도 호리키타는 더 이상 B반 일에 관여하지 않으리라.

이치노세의 작전을 방해하면서까지 상황을 호전시킬 수 있는 기술이 호리키타에게는 없으니까.

"나도 이만 돌아갈게. 밤늦게까지 남자 혼자 여자애 방에 있을 수는 없으니까."

오후 8시가 지나면 일이 성가셔질 테니.

"그래……."

생각에 잠긴 호리키타는 나를 쳐다보지도 않고 그렇게 말했다.

조금씩 변화하기 시작한 호리키타.

하지만 아직은 너무도 극단적인 변화 속에서 자신을 놓치고, 그 자리의 분위기에 휩쓸리는 경향이 있다.

당분간은 내남없이 고뇌하는 시간이 계속되겠지.

그 너머에 있는 진정한 자신에게 과연 닿을 수 있을까.

그것이 중요하다.

방을 나가니 엘리베이터 앞에 이치노세가 있었다.

내가 나오기를 기다렸는지 나를 보며 웃는 얼굴로 한 손을 들었다.

"이쪽이야, 이쪽."

작은 목소리로 불러서 그대로 빨려 들어가듯 엘리베이터에 올라탔다.

이치노세는 로비가 있는 1층 버튼을 눌렀다.

"잠시 나랑 같이 좀 가주지 않을래?"

"그건 상관없는데…… 어디?"

"음. 살짝 밖에."

로비에서 내렸다. 로비에는 때마침 아무도 없었지만 이치노세는 그대로 밖으로 나갔다.

해는 완전히 기울어 어둑어둑해지고 있었다. 나는 이치노세와 함께 학교 가는 길 중간에 있는 휴게 공간으로 향했다.

"추울 것 같긴 하지만…… 남들 눈에 띄고 싶지 않아서."

"알아. 이치노세, 너야말로 괜찮아?"

"난 끄떡없어. 아…… 음, 뭐라고 말해야 할지…… 정말 미안해."

무슨 말을 하려나 했더니, 이치노세가 제일 먼저 꺼낸 말은 사과.

"왜 사과하지?"

"호리키타랑 아야노코지, C반 애들한테 민폐를 끼쳐서, 랄까? 소문 때문에 필요 없는 걱정까지 끼치고 말았으니. 아무튼 너무 신경 쓰지 마."

"칸자키 무리한테도 그렇게 말했다면서."

"그게 최선의 답이야. 소문이 퍼지는 동안 난 이런 자세를 무너뜨리지 않을 거야."

그렇게 말하며 결의가 담긴 눈빛을 보냈다. 이런 식으로 말하면 이치노세를 뒤에서 받쳐주는 칸자키 등 B반 학생들은 따를 수밖에 없겠지.

"할 말 다 했어…… 춥다. 이제 돌아갈까."

"그래."

잠깐 얘기했을 뿐.

먼저 돌아가라고 해서 나는 이치노세보다 한발 앞서 기숙사로 돌아갔다.

5

주위가 어수선해지기 시작한 일상.

먼저 적극적으로 뭘 하지 않고, 주위에 휩쓸리듯 지내는 시간.

다소 힘들긴 하지만, 내가 원했던 일상의 형태란 이런 것이었는지도 모른다.

한 가지 대답에 도달할 것 같은 예감.

그런데 그러던 어느 날 어딘지 어설픈 한 사건이 일어났다.

늦은 밤. 베개 옆에 둔 휴대폰이 조용히 진동했다.

시계는 새벽 1시가 조금 지난 시간을 가리키고 있었다.

비상식적인 시간에 울리고 있는 전화를 확인하니 등록되지 않은 번호였다.

다만, 외부에서 온 연락은 아니리라.

학교에서 지급해 준 휴대폰은 지정된 전화번호 이외에는 걸 수도 받을 수도 없도록 미리 설정되어 있었고, 그것을 변경하기란 불가능했다. 부주의하게 외부와 연락을 취할 수 없게 하기 위함이었다.

그리 특별한 기능이 아니라, 어린아이에게 휴대폰을 사줄 때 등에도 쓰는 보안 시스템을 이용한 것이다. 요컨대 내가 번호를 등록하지 않은, 부지 내에서 생활하는 누군가가 건 전화인 셈이다.

그게 학생인지 교사인지는 정확하지 않지만.

"……여보세요."

다소 경계하면서, 라기보다는 졸린 상태로 전화를 받았다.

왼쪽 귀에 댄 휴대폰.

전화기 너머로 목소리가 들리지 않았다.

침묵이 이어졌다.

하지만 호흡하는 소리만은 귀 끝에 희미하게 전해졌다.

어떻게 나오는지 기다리며 30초 정도 서로 침묵.

"아무 말도 안 할 거면 끊는다."

그쯤 되자, 가만히 상대해주는 것도 피곤해져서 경고를 던졌다.

"아야노코지 키요타카."

내 이름을 불렀다.

전혀 들어본 적 없는 목소리였다.

하지만 목소리가 앳된 것으로 보아 어른은 아닌 듯했다.

그렇다면 학생이 유력한가.

"넌?"

그렇게 물었다.

또다시 침묵이 흘렀다.

그리고 전화가 끊겼다.

"이름만 불러도 말이지."

이래서는 단순히 잘못 건 전화라고 단정 지을 수 없다.

"움직이기 시작한 건가……."

상대가 누구인지는 사사로운 문제다.

그 남자의 책략이, 나를 노리고 움직이기 시작했다.

다만 기묘한 건 왜 이런 식으로 내가 알아차리게 한 걸까.

만약 내 퇴학이 목적이라면 좀 더 기습 공격에 가까운 형태를 취할 것이다.

굳이 무너뜨리겠다고, 협박하는 듯한 행동.

어딘가에, 그 남자의 힘이 미치지 못하는 부분이라도 있는 걸까…….

이랬든 저랬든 시작되었다는 건 똑같다.

○이치노세의 비밀, 카무로의 비밀

칸자키와 하시모토의 충돌이 있은 지 오늘로 사흘째. 금요일.

이치노세에 대한 소문은 나날이 퍼져나가 이제는 전교생이 다 안다고 해도 과언이 아닌 지경에 이르렀다.

하지만 이치노세는 학교에 아무런 신고도 하지 않은 모양이었다.

소문을 크게 의식하지 않고 당연하다는 듯 하루하루를 보내고 있었다.

괴롭힘이나 다름 없는 악평이 흘러도 태연하게 대처하는 이치노세를 보고 일부에서 역시, 라는 목소리도 들리기 시작했다. 역시 소문은 소문, 전부 새빨간 날조. 거짓에 불과했다고.

남의 말도 석 달.

이치노세를 무너뜨리려 한 책략은 불발로 끝났다.

이치노세는 침묵으로 일관함으로써 극복하는 데 성공했다. 누구나 그렇게 생각하기 시작했고, 학년말 시험으로 관심사를 돌려 마음가짐을 바로잡고 있었다.

그런 시기에, 다시 소문에 불을 붙이는 사건이 일어났다.

그것은 금요일 방과 후.

기숙사에 돌아온 나는 로비에 형성된 군중을 목격했다.

귀가부가 기숙사로 돌아올 타이밍에, 예전 어딘가에서 본 듯한 광경.

"데자뷔, 인가."

게다가 흥미롭게도, 그때와 똑같은 위치에 카츠라기가 서 있었다. 지난번과 다른 점은 옆에 야히코도 서 있다는 것 정도일까. 달리 물어볼 만한 상대도 없었기 때문에 카츠라기에게 다가가 말 걸어보기로 했다.

"무슨 일 있어?"

"아아. 우편함에 편지가 들어 있는 모양이야. 전에 일어난 사건과 비슷해."

카츠라기가 불만스러운 투로 팔짱을 낀 채 중얼거렸다.

"네 우편함에도 들어 있는 거 아니야? 아야노코지."

야히코가 그렇게 물어서 가볍게 고개를 끄덕였다.

"일단 확인해볼게."

나는 내 우편함에 가서 다이얼을 돌려 안을 확인했다.

그러자 예전과 마찬가지로 정성스럽게, 두 번 접은 '종이'가 들어 있었다.

이전과 같다면 이것은 인쇄물, 즉 '프린트'일 것이다.

원래 이렇게 두 번 접은 상태로는 '손으로 쓴 편지'인지 '프린트된 편지'인지 구분할 방법이 없다.

나는 천천히 종이를 펼쳤다.

'이치노세 호나미는 범죄자다'

그렇게 적혀 있었다.

하지만 이번에는 예전처럼 발신인의 이름이 들어 있지 않았다.

어디까지나 딱 한 문장뿐.

게다가 흔한 폰트를 사용한 몹시 간략한 편지였다. 편의점에서 인쇄하진 않았을 테니, 아마 직접 구입한 인쇄기를 썼으리라.

겨우 가라앉은 소문을 다시 떠올리게 하는 한 문장.

그것도 이번에는 지금까지와 달리 '범죄자'라고 단호하게 표현했다.

무슨 범죄를 저질렀는지, 그 부분은 전혀 다루지 않았지만……

"이치노세도 질리겠다, 이런 장난질에는."

"그나저나 이렇게까지 노골적으로 쓰다니, 앞으로 여러 가지 곤란한 일이 벌어질 것만 같아. 자꾸 이렇게 악의가 담긴 행동을 하는데, 별 지장은 없을까?"

야히코가 이러한 편지는 도리어 악수가 아닌지 카츠라기에게 물었다.

"하긴, 이전과 상황이 전혀 다른 건 사실이야. 그때는 이치노세가 부정하게 포인트를 모았을 가능성이 있다는 고발밖에 없었는데 말이지. 부정행위는 아니었지만, 포인트를 대량으로 가지고 있다는 건 학교 측도 인정해서 이례적으로 발표까지 할 정도였으니까. 그런데 이번에는 명백하게 이치노세를 모함에 빠트리는 목적뿐인 내용이야. 학교에 보고하고 대처를 요구하면 투고자를 특정할 가능성이 있어."

"어리석네."

"아니, 꼭 그렇다고 할 수는 없어."

"그런거야?"

"그렇게 간단한 걸 모르는 사람도 아니잖아, 그 녀석은."

"어어…… 설마 소문을 퍼트린 사람이 누군지, 카츠라기는 알아?"

"어디까지나 짐작에 불과하지만."

사카야나기는 내게 예고는 했어도 표면상으로 사실을 인정하지 않았다. 하시모토가 단독으로 공작을 벌이고 있을 가능성, 혹은 2학년이나 3학년의 지시를 받아 움직였을 뿐인 가능성. 이번 소문의 출처는 전혀 다른 곳에 있었다, 와 같은 경우도 얼마든지 있을 수 있다.

그런데 카츠라기는 짐작 가는 곳이 있다고 말했다.

그렇다면 역시 유력한 사카야나기가 부상하는 건가.

"학교가 움직일지 어떨지. 그건 이 사건의 중심인 이치노세가 어떻게 대응하느냐에 따르겠지."

프린트를 돌린 인물은 소문을 퍼트렸을 때와 마찬가지로 이치노세가 학교에 전혀 고발하지 않으리라고 확신하고 있다. 무슨 짓을 해도 침묵을 유지할 거라 예상하고 있다는 것.

이치노세가 소문과 편지에 아무런 행동도 취하지 않는다면 학교 측이 움직일 리도 없다.

그러는 동안, 이치노세가 돌아왔다. 아니 정확히는 B반 아이로부터 연락을 받고 급히 기숙사로 돌아온 듯한 모습이었다.

그리고 곧 친구에게서 프린트를 건네받아 읽었다.

나와 카츠라기, 이 자리에 있는 열 명 남짓한 학생이 이치노세를 지켜보았다.

"…………."

이치노세는 아무 말도 하지 않고 그저, 프린트를 빤히 내려다보았다.

뇌가 파악하는 데 1초 정도밖에 들지 않는 짧은 한 문장.

그것을 몇십 초나 들여가며 반복해 읽는 것이 눈빛을 통해 전해져왔다.

"……이게 우편함에?"

"응…… 너무 심해. 아마 1학년 전교생한테……."

B반 여학생 아사쿠라 아사코가 이치노세를 두둔하려는 듯 다가섰다.

"있지, 더는 참을 필요 없어. 선생님한테 말씀드리자, 응? 이런 짓, 도저히 용서할 수 없어."

"그래. 선생님들이라면 분명 범인을 찾아내줄 거야!"

지금까지는 눈에 보이지 않는 소문이 상대였지만, 이번에는 다르다. 물적 증거가 될 수 있는 것이 나왔다. 누군가가 악의를 품고 이치노세를 공격하고 있다는 명확한 증거다.

"괜찮아. 나, 이 정도는 신경 쓰지 않아."

"아, 안 돼. 이럼 호나미짱, 점점 더 나쁜 소문이 퍼질 거라고."

반 친구가 필사적으로 이치노세를 설득하려고 하는 것도 무리가 아니다.

가령 열 명 중 아홉 명이 소문을 믿지 않아도 한 명이 믿으면 그건 중요하다. 이치노세 호나미라는 학생의 이미지가 천천히 암전되어간다.

침묵으로 일관하는 것을 망설이지 않는 이치노세지만, 주위 사람은 다르다.

어떻게든 이치노세를 도우려고 할 것이다. 결백하다는 사실이 증명되면 상대를 제재하는 순서로도 이어지겠지. 하지만 오히려 그것이 이치노세를 막다른 길로 내몬다.

"다들 미안해, 내 일로 괜히 신경 쓰게 만들어서. 하지만 진짜 괜찮아."

이치노세가 그렇게 말하며 B반 여자애들에게 미소 지었다.

이 종이를 돌린 것은 틀림없이 늦은 밤. 모두가 깊이 잠든 한밤중이었으리라. 아침에 우편함을 확인하는 학생은 극히 드물기 때문에 발각 예상 시점은 학생들이 귀가하는 방과 후.

남은 건 누군가가 편지를 발견하고 이치노세에게 말하길 기다리는 것뿐이다.

동요하는 B반의 모습을 주의 깊게 살피는 여자애가 있었다.

카츠라기는 그녀를 예리한 눈빛으로 노려보았다.

1학년 A반의 카무로 마스미. 사카야나기의 측근인데 오늘은 혼자인 모양이었다.

"카무로가 무슨 짓을 한 거야?"

"아니…… 아무것도 아니야."

카츠라기는 대답하지 않고 프린트를 근처 쓰레기통에 버린 다음 엘리베이터 버튼을 눌렀다. 이미 1층에서 대기 중이던 엘리베이터에 올라탄 카츠라기와 야히코는 끝까지 험악한 표정을 유지했다. 그 엘리베이터가 올라가는 것을 보고 나도 방에 돌아가기로 결심했다.

1

내 방은 기숙사 4층, 401호실.

엘리베이터에 탔을 때 카무로도 동시에 들어왔다.

"몇 층이야?"

버튼 앞에 서 있던 내가 그렇게 물었지만 대답하지 않아 아무 말 없이 문을 닫았다.

조용히 움직이기 시작한 엘리베이터는 순식간에 4층에 도착했다.

내가 엘리베이터에서 내리자 나를 뒤따르듯 카무로도 내렸다.

단순한 우연. 남자애 중 누군가를 찾아왔다.

같은 건 아니리라.

"나한테 무슨 볼일 있어?"

일단 방 앞까지(라고 말해도 바로 코앞이지만) 걸어가, 카무로에게 말했다.

"할 얘기가 좀 있는데."

"가능하면 빨리 말해줬으면 하는데."

"뭐? 다른 일정 있어?"

"아니. 서서 말하기 곤란한 내용인가?"

"나 냉증 있는데. 괜찮으면 들어가도 돼?"

괜찮으면, 이라고 말했지만 이미 그것은 들어가겠다는 절반의 협박이기도 했다.

"괜찮기는 한데……"

나는 열쇠로 문을 열고 방 안으로 들어갔다.

카무로는 조금의 표정 변화도 없이 진지하게 방 안을 둘러보았다.

"색깔이라고는 없는 방."

"강제로 들어와놓고 처음 한다는 소리가 그건가."

"뭐가 강제야? 제대로 허락을 구했잖아?"

그렇게 말한 카무로는 내 침대에 앉았다.

"그 방식이…… 뭐, 됐다. 그래서 하려는 말은?"

"뭐 마실 것 좀 줘. 이야기가 기니까."

뭐 이런 뻔뻔한 녀석이.

"그럼 차나 커피 끓여줄게."

"코코아는 없어?"

"……있어."

"코코아로 줘."

두 가지 선택지를 제시했건만, 설마 스스로 세 번째 선택지를 만들어 요청할 줄이야.

"그래서 할 이야기가 뭐야. 추우면 로비에서 말해도 됐을 텐데."

로비는 난방도 잘 되어 있기 때문에 별 문제없이 얘기할 수 있었을 터다.

코코아를 준비하며 카무로에게 물었다.

"여기라면 아무도 방해하지 않을 테니, 이야기하기에는 최상의 장소잖아?"

"무슨 이야기인데."

솔직히 말해서 흥미도 없고 듣고 싶지도 않다.

"설마 경계하니?"

"경계 안 하는 게 이상하지 않나? 친하지도 않은 여자애, 그것도 적대 관계인 A반 학생이 내 방에 들어왔는데."

"너희 반의 야마우치와는 다르다는 거네."

나를 보며 카무로가 그렇게 말했다. 떠보기라도 하듯이.

"궁금해?"

"전혀."

"그래. 그럼 그 일은 다루지 않을게. 아무래도 상관없으니까."

휴대폰을 이용한 도청 혹은 보이스 레코더. 그런 도구를 숨기고 있을 가능성도 있지만, 카무로의 경우는 살짝 특수한 입장에 있었다. 사카야나기가 나에 대해 아는 이상, 그 부분에 대해 말을 고를 필요는 없겠지.

녀석은 필요하다면 언제든 내게 덫을 놓을 수 있다. 현재까지 그렇게 하지 않은 건 사카야나기 본인이 내가 노출되는 걸 꺼리기 때문이다.

"아까 이치노세에 대한 편지. 어떻게 생각해?"

"어떻게?"

"말 그대로야. 범죄자였다는 얘기, 믿어?"

"글쎄. 그것도 별로 관심이 없어서."

"관심이 없어도 생각 정도는 할 수 있잖아? 이치노세가 선한 사람인지 악한 사람인지."

"범죄자라고 해서 꼭 악한 사람이라고 말할 수 없고, 범죄자가 아니라고 해서 꼭 선한 사람이라고 말할 수도 없지."

애당초 선과 악은 정의 내리기가 모호하다. 보는 시점과 입장, 관계에 따라 크게 달라진다.

"…………."

카무로는 재미없다는 듯 나를 쳐다보았다.

그리고 더는 아무 말도 하지 않았다.

여기서 대화의 본질을 계속 피해봐야 이야기에 진전이 없겠지.

"어느 반의 누군가가 흘린 소문이 있잖아."

"그래. 누군가가 흘린 소문은 들었어."

"내가 예상하기론 그 소문 중 하나 이상은 진실 혹은 진실에 가까운 뭔가가 포함되어 있는 것 같아. 그러니까 이치노세가 소문이나 프린트가 나돌아도 반격하려고 하지 않는 거지. 반격하면 숨기고 싶은 그 진실이 드러나게 되니까."

"하지만 계속 무시하면 의혹만 남은 채로 끝난다는 거네."

"그래. 하지만 이건 해결이 아니야. 결국 그 비밀을 알고 있는 사람이 소문을 흘리고 있는 거라면, 지금은 인정하지 않아도 언젠가 더 구체적인 내용이 편지에 적힐 거야. 그렇게 되면 더는 얼버무리지 못할 가능성이 높아."

물이 다 끓어 컵에 부었다.

그리고 코코아가 든 컵을 테이블에 내려놓았다. 카무로는 바로 마시려고 하지 않았다.

"안 마셔?"

"뜨거운 거 잘 못 마셔."

어디까지가 진실일까.

"네 예상이 맞아. 지금 이치노세는 자신의 비밀을 아는 존재에게 표적이 되고 있어."

"네가 그걸 어떻게 알고 있지?"

"너도 알 텐데. 사카야나기가 너한테는 말했으니까."

물론 그건 기억하고 있다.

하지만 카무로가 직접 내게 그 사실을 알려줄 줄이야.

이것도 사카야나기의 전략 중 하나인가?

"말해두는데, 지금 내가 여기서 너한테 이 이야기를 하는 걸 사카야나기는 몰라. 아마 알면 화내겠지."

"그 말은, 사카야나기를 배신했다는 건가?"

"그런 셈이야."

"미안하지만 못 믿겠다."

"그렇겠지. 그래서 이치노세가 감추고 있는 비밀을 너한테 알려주려고 해. 아마 내일이나 모래쯤이면 다른 애들도 알게 될 테니."

그러면 카무로의 말이 진실이라는 게 증명된다는 뜻인가.

"하지만 그 전에. 왜 내가 사카야나기가 시키는 대로 하는지. 그 이야기부터 할 필요가 있겠네."

"네 신상에 대해 들려주겠다는 건가."

"흥미 없다는 건 알지만 들어줘."

흥미 없어도 상관없다면 듣는 건 해주자.

그렇게 하지 않는 한, 돌아가지 않을 테니까.

2

사카야나기가 내게 말을 걸어온 건 입학식이 끝나고 일주

일이 지난 무렵.

기숙사로 돌아오는 길에 편의점에 들러 볼일을 마치고 나온 직후였다.

"잠깐."

기숙사로 돌아가려는 나를 같은 반 여자애가 불러 세웠다.

"왜?"

"입학한 지 얼마 안 되기도 했고, 이야기를 좀 나누고 싶어서. 카무로."

"내 이름을 기억하고 있네."

"같은 반 친구 이름과 얼굴 정도는 외웠지."

그렇게 말하며 걷는 여자애의 걸음 속도는 느렸다.

한 손에 쥔 지팡이가, 그녀의 다리가 불편하다는 사실을 알려주었다.

이름이 ——사카야나기 아리스, 였나? 그녀는 핸디캡이 있는 만큼 눈에 띄니까, 이름을 외울 생각이 없는 나도 대충 이름을 기억하고 있었다.

"같이 돌아가도 될까?"

평소 같으면 거절했으리라. 하지만 다리가 불편한 것과 직접적인 연관은 없어도, 왠지 거절하기 힘든 분위기를 풍겼다.

"마음대로 해."

"고마워."

그녀는 기쁜 투로 웃더니, 살짝 속도를 높여 내 옆에 나란히 섰다.

"무리하다가 넘어져도 안 도와줄 거야."

"괜찮아. 이 지팡이를 쓴 지도 꽤 오래거든."

말은 그렇게 했지만 속도는 전혀 빠르지 않았다.

"하아……."

일부러 들으라는 듯이 무거운 한숨을 푹 쉬었는데도 사카야나기는 전혀 개의치 않는 모습이었다.

겉으로 보기엔 작고 가냘픈데 속은 꽤 대담한가보다.

"그런데── 아까는 편의점에서 뭘?"

"뭘?"

"보니까 아무것도 안 산 것 같아서."

"무슨 상관? 사고 싶은 게 없을 때도 있는 거지."

이야기를 매듭지으려는 내 팔을, 사카야나기가 움켜잡았다.

"훔쳤지?"

내 눈을 보며 사카야나기가 그렇게 말했다.

마치 재미있는 장난감이라도 발견했다는 듯, 눈빛이 반짝거렸다.

"몇 번 사전조사를 해서 카메라 위치를 파악해뒀을 것 같은데, 학교에서는 처음? 아니면 이번이 몇 번째인가?"

"내가 물건을 훔쳤다고?"

"응. 넌 나를 신경도 안 썼겠지만, 확신해. 안 그러면 훔쳤지? 하고는 안 물어보겠지."

"그러네. 하긴 그래."

현장을 목격했기 때문에 사카야나기가 내게 말을 건 것이다.

"훔쳤다면 뭐 어쩔 건데? 학교에 찌를 거야?"

"글쎄. 고발하는 거야 간단하지만 그 전에 한 가지만 물어볼게."

"뭐?"

내 찌푸린 얼굴을 아는지 모르는지, 사카야나기가 계속해서 말을 이었다.

"네 수법은 훌륭했어. 무엇보다 놀란 건 그 냉정함이야. 보통은 껌이나 사탕같이 싼 거라도 하나 사서 죄책감을 덜어내려고 하는 법인데 넌 그런 행동을 전혀 보이지 않았어. 그건 이런 도둑질이 너한테는 일상이라는 증거이기도 하지."

사카야나기의 말은 다 맞았다. 행동 하나만 보고, 몇 번이나 거듭해온 일이라는 것을 간파하다니. 하지만, 그게 뭐 어쨌다는 거지.

오래 대화할 생각은 없다.

아무리 수법이 좋든, 들켰다는 사실은 되돌릴 수 없다.

"너 좋을 대로 해."

나는 가방에 손을 넣어, 편의점에서 훔친 맥주 캔을 꺼냈다.

보통 스무 살을 넘지 않은 사람에게는 팔 수 없는 것.

교내에서 생활하는 교원들을 위해 가져다놓은 것이다.

"빨리 연락하시지."

그렇게 말했지만 사카야나기는 전혀 다른 말을 했다.

"술을 항상 마시니?"

"뭐? ……아니야. 딱히 술에 관심 있는 게 아니라고."

"그러니까 너한테 절도는 일상생활의 편의를 위한 행위가 아니라 어디까지나 그 죄의식, 그리고 스릴감을 맛보기 위한 행위일 뿐이라는 거네?"

멋대로 분석을 이어갔다.

"네가 냉정하게 분석을 잘한다는 건 충분히 알았으니까, 얼른 학교 측에 일러바치시지?"

"그래도 괜찮겠어? 정학을 면치 못할 텐데?"

"그래서 뭐?"

"입학한 지 이제 겨우 일주일. 앞으로 즐거운 일, 즐겁지 않은 일이 많이 생길 텐데?"

"네가 연락 안 하면 내가 한다."

휴대폰을 꺼내려는데 저지당했다.

"마음에 들어, 카무로 마스미. 널 내 첫 친구로 삼을게."

그렇게 말하고는 휴대폰을 넣으라고 했다.

"무슨 소리야?"

"네 비밀을 지켜주는 대신, 앞으로 내게 협력해."

"그런 건 보통, 친구라고 말하지 않아."

"그래?"

"그리고, 내가 순순히 따를 거라고 생각해?"

"하긴 학교에 알려도 너한테는 타격이 별로 없을 것 같네. 하지만 그래도 카무로 마스미라는 인물이 도둑질을 일삼는 아이라는 건 드러나겠지. 그럼 앞으로 네가 뭘 훔칠 때 문제가 생기지 않을까?"

"훔친 걸 눈감아주는 게 아니라 오히려 더 하라고?"

"어떻게 할지는 네 자유야. 그 부분은 관여하지 않아. 어차피 도덕적으로 너한테 범죄를 저지르면 안 된다고 호소해 봐야, 네 마음에 와 닿을 리도 없겠지. 아니야?"

"그건, 뭐……."

"하지만—— 나를 따르면 앞으로 지루하지 않을 거라고 생각해. 물건을 훔치는 것만으로는 다 채울 수 없는 네 마음을, 다른 걸로 채울 수 있을지도 몰라."

이것이 나와 사카야나기 아리스의 첫 만남.

3

"——아, 피곤하다. 이렇게 말을 많이 한 것도 오랜만이야."

이야기를 마친 카무로는 처음과 다르지 않은 눈으로 나를 올려다보았다.

"그러니까 난 절도 상습범."

"최근에는?"

"훔칠 시간도 없을 정도로 사카야나기 녀석한테 혹사당하고 있어."

자기 의지는 아니다, 그렇게 말하지만 꼭 그렇지만도 않은 모양이었다.

카무로는 아마 지금까지 자신을 필요로 한 사람이 아무도 없었을 것이다. 그런 어둠을 안고 살아왔다.

그런데 사카야나기가 자신을 필요로 함으로써, 이제 죄를 저지르지 않게 된 셈이다.

사카야나기도 참 잘도 이용했군. 카무로가 계속해서 물건을 훔친다면 언젠가는 꼬리가 잡힐 것이다.

부지 밖이라면 모를까, 이곳은 제한된 학교 생활권.

재고가 안 맞는 현상이 계속 이어지면 곧 진실에 닿게 된다.

그렇게 되면 A반이 받을 타격도 커질 게 분명하다.

"합숙 때 사카야나기가 말했지. 네 비밀과 이치노세의 비밀이 같다고."

요컨대 이 이야기가 전부 사실이라면 이치노세는 물건을 훔친 경험이 있다는 이야기가 된다.

"맞아."

"그런데 과거를 전부 밝히면서까지 나한테 바라는 게 뭐야?"

경우에 따라서는 과거를 거슬러 올라가 조사하게 만드는 것도 불가능하지 않다.

그렇게 되면 불이익을 당하는 사람은 카무로뿐이다.

"나는 별로, 사카야나기도 이치노세도 좋아하지 않아. 하지만 이치노세가 도둑질을 했다는 사실은 솔직히 말해서 좀 충격이었어. 그렇게 인기 있고 부족한 거 하나 없는 아이도 나와 똑같다니."

자조하듯이 카무로가 웃었다.

"사카야나기를 말려. 너라면 할 수 있잖아."

"그 말은, 이치노세를 도와주라는 얘기인가?"

"그래. 이대로라면 틀림없이 이치노세는 무너질 거야. 육체적으로가 아니라 정신적으로."

"그렇군."

카무로의 이야기가 진짜인지 아닌지를 확인하는 건 곤란하고 실증하기 어렵다.

가재고와 실재고 사이에 차액이 발생한다고 해도, 차액의 원인이 무엇인지 확실하게 특정 짓기란 어렵다. 점원의 처리 실수일 수도 있다. 입학 초기에 도둑질했다고 해도, 노골적으로 계속 같은 상품을 훔친 것은 아닐 테니 딱 한 번뿐인 행동.

그렇다고 해서 감시 카메라를 보여 달라고 부탁하는 것도 불가능하다.

유일하게 취할 수 있는 대책이라면, 카무로의 절도 사실을 학교와 편의점 측에 흘리는 것인데, 그렇게 하면 진실이든 거짓이든 내게 불리한 점이 너무 많다.

설령 이야기가 전부 진실이라고 해도 카무로의 말을 순순히 받아들일 생각이 들지 않는다.

사카야나기에게 불만이 있는 건 사실이겠지만, 그녀를 배신하면서까지 아직 정체를 모르는 내게 도움을 요청하는 건 동기가 좀 약하다.

그렇다면 이 일련의 흐름은 무엇을 위한 것인가.

현실적인 노선으로는 전부 사카야나기의 생각 아래 진행되고 있다고 봐야 할까.

나와의 직접 대결을 실현하기 위해, 이치노세를 이용하고 있다……라는 노선.

"내가 거짓말하는 것 같아?"

오래 생각에 잠겨 있으니 카무로가 먼저 침묵을 깼다.

"솔직히 절대라는 보장이 없는 이야기야."

물론 지금 이야기만 들어서는 틀림없는 진실이라고 생각할 수도 있다.

그럼에도 내가 인정하지 않은 것은 카무로가 사카야나기의 측근이기 때문이다.

"……그렇구나. 알았어, 그럼 증명해 보이면 되지?"

"증명할 수 있어?"

"아마도."

그렇게 말한 카무로는 학생증을 꺼내 내게 내밀었다.

"문 잠그지 말고 잠시만 기다려줘."

그 말만 남기고 방을 나갔다.

설마 지금 훔쳐 와서 자신이 절도범이라는 걸 증명할 셈인가?

잠시 아무 의미 없이 카무로의 학생증을 쳐다보며 기다리고 있자, 10분 정도 후에 카무로가 돌아왔다. 그리고 품에서 뭔가를 꺼내 보여주었다.

"이건……."

아무래도 내 예감이 적중한 것 같다.

"껌 같은 걸로 고를까 했지만, 맥주. 이게 더 믿음이 가겠지."

하긴 누구나 살 수 있는 껌 따위라면 미리 사놓고 훔친 척할 수 있다. 하지만 술은 이야기가 다르다. 가령 밖에서 누군가에게 학생증을 빌렸다고 해도 이 술은 가져올 수 없다. 나이 제한이 걸린 상품을 사는 것은 불가능하니까. 그렇다고 해서 교사나 학교 부지에서 일하는 다른 어른을 이용하는 것도 현실적이지 않다. 틀림없이 훔친 상품.

내 신뢰를 얻기 위해 실행해 보인 건가.

"이제 알겠지?"

그렇게 말하며 맥주 캔을 도로 넣으려고 하는 카무로를 향해 손을 뻗었다.

"일단 진짜 맥주가 맞는지 확인 좀 할게. 가짜일 수도 있으니까."

"……바보네. 이런 걸 어떻게 가짜로 만들어?"

순간 저항하는 것 같았지만, 곧 내게 맥주 캔을 넘겼다.

손이 얼얼할 정도로 시원한 맥주 캔은 지금 바로 편의점에서 꺼내온 것 같았다.

나는 캔을 천천히 돌리며 확인했다. 틀림없는 진짜 술이다.

"필요하면 너한테 줄 수도 있는데?"

"사양하지."

만에 하나 이런 게 방에서 발견된다면 일이 성가셔질 것이다.

그렇겠지, 하고 카무로는 맥주 캔을 내게서 가져가더니 살살 던졌다 받기를 반복했다.

"아무튼 이제 믿어주는 거야?"

"진짜를 보여줬으니 안 믿을 수가 없잖아."

"그거 다행이네."

"그런데 왜 나야?"

"너 말고 내가 말 걸 수 있는 사람은 이 학교에 한 명도 없어. 그 정도는 너도 알 거 아냐?"

나는 카무로를 위해 탄 코코아 잔을 손에 들었다. 한 모금도 마시지 않을 거라는 걸 확신했기 때문이다. 이미 10분 넘게 입에도 대지 않아 다 식어버렸다.

"나한테 이익이 없어."

"그럴지도."

만족했는지 카무로가 자리에서 일어섰다.

"결말이 어떻게 될지, 기대가 돼."

일방적으로 이야기를 마치고 내 방을 나가려고 했다.

"잠깐만."

"……왜?"

"학생증, 잊은 것 같은데?"

완전히 깜박했다며 카무로는 맥주 캔을 쥐지 않은 손을 내밀어 학생증을 받았다. 그런 다음 내 방을 뒤로했다.

그나저나, 성가신 문제를 제기했군.

역시 이치노세에 관한 문제는 내버려두는 게 상책인가.

"아니…… 꼭 그렇다고 말할 수도 없나."

오히려 이 기회를 이용하는 것도 방법일지 모른다.

나는 학생증과 휴대폰을 들고 방에서 나와 편의점으로 향했다.

그 도중에 호리키타의 오빠로부터 전화가 걸려왔다.

손님이 돌아가서 이제 좀 쉴 수 있나 했더니…….

그나저나 의외인 인물의 발신. 시시콜콜한 잡담을 하려고 전화를 건 것도 아니겠지.

"말해주고 싶은 게 몇 가지 있어."

통화 버튼을 누르자마자 호리키타의 오빠는 대뜸 그렇게 말했다.

"급하다는 건가?"

"경우에 따라서는 이미 늦었을지도 몰라. 내 여동생에 관해서다."

"……여동생에 관해?"

그 또한 드문 일이다.

웬만한 일이 아닌 이상, 그가 여동생에 대한 이야기를 꺼낼 리는 없다.

"쿠시다 키쿄가 나구모 미야비와 접촉했어."

"흐음."

놀라움과 동시에 호리키타의 오빠의 빠른 정보력에 감탄했다.

"네 주위에는 적들로 가득하다고만 생각했는데, 그런 정보를 잘도 얻었군. 누구한테 들은 정보야?"

"키리야마가 알려줬어. 저번 합숙 때 나와 나구모의 관계에 커다란 균열이 분명하게 생겼지. 앞으로도 틀림없이 공격을 걸어올 게 분명해. 나도 행동에 나설 수밖에 없다."

키리야마 부회장인가.

내가 생각에 잠겨 침묵하자 호리키타의 오빠가 다시 말을 이었다.

"그냥은 못 믿겠나?"

"난 키리야마를 잘 모르니까."

"그걸로 충분해. 넌 늘 의심하는 쪽으로 남아 있어라."

학생회장을 맡았던 남자로서, 호리키타는 키리야마든 나구모든 일정한 신뢰를 가지고 접근하고 있다. 의심스러워도 배신당할 때까지는 신뢰를 유지한다. 나는 도저히 흉내도 낼 수 없는 행동.

"그래서?"

"호리키타 스즈네가 퇴학당할 수 있도록 도와 달라고 부탁했다는군. 아주 대담해."

"체면 차리고 있을 수 없는 사정이 생겼으니까."

약속한 내기에서 진 쿠시다는 앞으로 방해하지 않겠노라고 말했다.

하지만 그 맹세를 성실하게 지킬 생각이 눈곱만큼도 없다는 이야기.

류엔에게 접근해 이용했듯 이번에는 나구모와 접촉했다. 합숙에서 나구모의 행각을 봤다면 그렇게 한 것도 이상한 일이 아니다.

물론 쿠시다도 알고 있으리라. 그런 식으로 호리키타를 내몰면서 자신도 같이 내몰리고 있다는 사실을. 하지만 대를 위해 소를 희생하겠다. 그런 각오가 느껴졌다. 솔직히 류엔에게 접근한 건 시기상조였다고 생각하지만, 나구모와의 접촉은 썩 나쁜 생각이 아니다. 1년 선배라면 졸업해서 사라져버리면 진실을 아는 자가 없어지니까.

다만, 이건 나구모가 믿을 만한 인간일 때에 한한다.

"앞으로 나구모 혹은 그의 측근이 스즈네에게 손을 뻗겠지."

"그래서 나보고 뭘 하라는 거지? 여동생을 지켜달라는 말이라도?"

"앞으로 스즈네가 퇴학당하게 되더라도 그건 스스로 져야 할 책임이다. 하지만 쿠시다는 네 존재도 거치적거린다고 말하고 있어."

"그런가……."

나구모는 내게 별로 관심이 없겠지만, 계속해서 이름이 귀에 들어오면 싫어도 의식하게 된다.

얼른 그 사슬을 끊지 않으면 성가신 일이 잇달아 일어나게 될 것이다.

"나구모와 하시모토가 접촉했을 가능성은?"

"왜 그런 생각을?"

"합숙 초반이랑 후반에, 하시모토의 태도가 살짝 달라진 느낌이 들었거든. 확신은 없지만, 얼마 전에 만났을 때 그 변화가 내 기분 탓이 아니라는 생각을 한층 굳혔어. 합숙 마지막에 하시모토는 누군가에게 내 이야기를 들은 게 분명해."

나에 대해 잘 알면서 하시모토에게 그런 이야기를 할 학생은 극히 한정적이다.

"네 생각대로야. 합숙 때 나구모는 하시모토에게 너에 대해 말했어. 하지만 아마 하시모토는 아직 네가 스즈네를 뒤에서 움직인 학생이라는 답에는 도달하지 못했을 거다."

"그렇군."

그래서 진상을 확인하기 위해 이래저래 캐고 다녔다는 건가.

"굳이 너한테 말할 정도는 아니라고 생각했는데, 불만인가?"

"아니. 먼저 들었어도 지금과 상황은 다르지 않아."

그렇겠지, 하고 호리키타의 오빠가 중얼거렸다.

사카야나기 진영의 학생이라면 내게 불신감을 가졌다고 해도 대수롭지 않다.

백날 털어봐야 내가 가만히 있으면 아무것도 나오지 않을 터. 혹은 대책을 강구한다고 해도 사카야나기가 말해버리면 그걸로 끝. 류엔과 나구모보다 훨씬 편하다.

다만 모든 중심에 나구모가 있는 점을 가만히 지켜보는 건 좀 문제인가.

"난 정보를 줬다. 이제 어떻게 할지는 네가 판단해."

"그렇게 하지."

우리는 통화를 끝냈다.

이 학교에는 이런 정보가 시사해주는 부분이 적지 않다. 늘 누군가가 다른 누군가를 함정에 빠트리려고 매일같이 책략을 펼치고 있다. 그런 의미에서는 내가 가진 정보원 중 하나인 호리키타의 오빠는 도움이 된다. 나구모만큼의 약삭빠름 그리고 광범위하게 미치는 정보망은 없지만, 신뢰도와 정확도 면에서는 비교도 안 될 만큼 높다.

아무튼 쏟아지는 불씨를 신속하게 막아내려면 먼저 나설 필요가 있겠지.

○만연해가는 소문

주말이 끝나고 월요일 아침.

아침 샤워를 마친 나는 목욕 수건으로 머리를 닦으면서 칫솔을 입에 물었다. 평소보다 느긋하게 시간을 보내, 지각 직전까지 방에 있을 계획이었다.

어젯밤, 휴대폰 전원을 끄고 잤던 것이 떠올라 전원을 켰다.

메시지가 왔었는지, 화면이 곧 밝게 빛났다.

"키요타카 군, 아침에 잠깐 시간 돼? 방으로 찾아가도 될까?"

샤워실에서 나온 직후에 보낸 것으로 보이는 아이리의 메시지였다.

그밖에 케이에게 온 연락도 있었지만, 나중에 답하기로 하고.

'미안해, 샤워 중이라 못 봤어. 이제 시간이 없으니까 그냥 학교에서 봐도 될까?'

그렇게 보내자 1초도 안 되어 바로 읽음 표시가 떴다.

우연인가, 아니면 내 답장을 기다렸던 건가.

'괜찮아, 너무 신경 쓰지 마. 다음에 다시 말할게.'

별로 급한 용건도 아니었는지 그런 답장이 돌아왔다.

그러면 일단 등교 채비에 집중해야겠다.

느긋하게 있을 여유가 없어 얼른 준비를 마치고 로비로 내려가기 위해 엘리베이터 버튼을 눌렀다. 아침에는 등교하는 학생들로 혼잡하기 때문에 엘리베이터가 곧바로 오지 않지만, 아슬아슬하더라도 조급하게 굴 것 없다.

그사이에 휴대폰을 꺼낸 나는 케이에게 메시지를 보내두었다.

'용건은? 만약 가능하면 오늘 저녁이나 밤에 만나서 이야기를 좀 하고 싶은데.'

그렇게 보내니 곧 읽음 표시가 떴다.

'그냥 전화 걸어본 것뿐이니까 신경 쓰지 마. 그보다도, 만나는 건 괜찮은데 좀 더 빨리 가능할까? 밤에는 친구랑 놀 거라서.'

그러면 5시 정도로 해둘까.

'5시는? 6시 전이어도 되고.'

'오케이, 그럼 5시로 부탁해. 용건은?'

'만나면 말해줄게.'

그렇게 보냈을 때 위층에서 내려온 엘리베이터.

안에는 히라타만 타고 있었다.

"야아, 좋은 아침이야, 아야노코지."

"웬일이야, 히라타. 시간이 꽤 아슬아슬한데."

히라타는 우등생이어서 늘 여유를 가지고 학교에 가곤 한다.

후발조, 그것도 거의 마지막 시간에 기숙사를 나오는 것은 드문 경우가 아닌가.

"사실은 좀 더 일찍 나설 예정이었는데……."

그렇게 말하고는 살짝 복잡한 듯 쓴웃음을 지었다.

"그랬는데?"

말끝을 흐리는 히라타와 함께 1층으로 내려가니 그곳에 여자애 여럿이 서 있었다.

어느 반인지 말할 것도 없이, A반에서 D반까지 골고루 있었다. 순간 무슨 모임인가 생각했다가 곧 무슨 상황인지 이해했다.

"안녕, 히라타 군."

"응, 안녕."

화사한 미소를 보이면서도 살짝 곤혹스러워하는 모습.

"이거…… 밸런타인!"

그렇게 말하며 여자애 여섯 명이 일제히 초콜릿을 내밀었다. 아마도 이런 일이 여러 번 반복해서 일어났겠지. 초콜릿을 들고 방에 돌아갔을 거라고 짐작했다.

나는 히라타에게 먼저 가겠다고 인사하고 서둘러 학교로 향했다.

기다리는 거야 어렵지 않지만 여자애들이 보내는 '방해꾼'이라는 압박에 졌다.

그렇군, 세상은 오늘 밸런타인데이인가.

"인생에서 단 한 번도 초콜릿 같은 거 받아본 적이 없네……."

나도 모르게 그런 말을 중얼거리고 있었다.

여자친구를 사귀고 말고 하기 이전에 초콜릿부터 받아보고 싶다.

그런 욕구가 내 안에 조금이나마 있다는 것에 놀랐다.

1

밸런타인데이가 되면 가슴이 두근거리는 남자는 아무래도 나쁜만이 아닌 것 같다.

C반에 도착하니 교실은 이상한 공기에 휩싸여 있었다.

남자애들이 한 곳에 우르르 모여 있었다.

오늘은 일 년의 집대성.

크리스마스와 마찬가지로 남녀의 연애 이벤트가 볼 만한 포인트다.

"오, 왔냐, 아야노코지. 너도 이리로 와."

스도가 불러서 다가갔다.

"너 초콜릿 받았냐?"

"뭐?"

살짝 노려보며, 잡아먹을 듯이 내게 묻는 스도.

"직역하면, 호리키타한테 받았냐? 인 것 같은데."

이케가 히죽거리며 말했다.

"바보야, 쓸데없는 소리 하지 마라. 상관없다고."

그렇게 말하면서도 눈은 웃지 않았다.

그래서 받았냐? 하고 무시무시한 도깨비 같은 기운을 담아 물었다.

"안 받았어. 받을 리도 없고."

"……진짜지?"

"그래."

고개를 몇 차례 끄덕인 스도. 그리하여 나는 스도의 무서운 눈빛으로부터 해방되었다.

"뭐, 켄이 조바심 내는 것도 이해는 되지. 아야노코지의 그거, 괴물이잖아!"

그렇게 말한 이케는 공중으로 손을 뻗어 페트병과 비슷한 형태를 그렸다.

"……이 자식 아야노코지, 그걸로 나한테 이겼다고 생각하지 마라?"

"아니, 전혀 생각 안 하는데……."

합숙 이후로 이따금 이렇게 딴죽을 걸어오니 난감하다.

"그나저나 넌 어때, 칸지. 시노하라랑은 잘 돼 가냐?"

"뭐, 뭐라고? 갑자기 시노하라가 왜 나와?"

"이제 그만 솔직해지시지. 모두 다 알고 있으니까."

"아, 알고 있다니…… 너 알아?"

왜 그런지 그 대답을 나한테 구했다.

일단 흐름은 이해했기 때문에 가볍게 고개를 끄덕여줬다.

"으헤에엑!"

얼굴을 붉히며 몸을 웅크린 이케.

"봐라. 아야노코지 같은 벽창호한테도 들켰다고. 그래서, 받았냐?"

반에서 시노하라의 인기가 그리 높지 않아서인지, 이케를 질투하는 목소리는 별로 들리지 않았다. 허물없는 사이인 야마우치 정도는 분개할 것 같지만 그는 아직 모습이 보이지 않았다.

"못 받았어……."

"뭐야, 너도 나랑 똑같냐."

스도는 동정하듯 이케의 어깨에 팔을 둘렀다.

"따, 딱히 상관없어. 쿠시다한테는 받았으니까."

그렇게 말한 이케가 핑크색 리본이 달린 초콜릿 상자를 의기양양하게 자랑했다.

"그거라면 남자는 다들 받지 않았냐? 나도 받았는데."

"준 건 고맙지만 궁극의 우정 초콜릿이다."

설마 1학년 남자 모두에게 준 것은 아니지 싶은데, 과연 어떨까.

쿠시다라면 그렇게 해도 이상하지 않다.

어쨌든 남자들의 열기만은 잘 느껴졌다. 이런 어린애 같은 행동이 여자들이 거리를 두는 이유인 것 같기도 하지만, 어쩔 수 없으리라.

연애 경험이 적은 우리 반은 아무래도 이런 분위기가 되어 버리고 만다.

뭐, 받고 못 받고는 평소에 행동하기 나름.

갑자기 뭔가가 바뀌는 것도 아니고 말이지.

아키토에게 초콜릿을 건네는 B반 여자애를 보며 그렇게 생각했다.

2

"내일 15일은 예정대로 전 과목 가시험을 치르게 될 텐데, 전에도 말했듯이 성적 등은 일절 상관없다. 어디까지나 자신의 현재 실력을 알아보기 위한 거야. 그리고 조만간 있을 학년말 시험의 예습이기도 해. 완전히 똑같은 문제는 내지 않겠지만, 이번 가시험은 학년말 시험 내용과 유사한 문제도 많아. C반으로 올라갔다고 해서 방심하지 말라는 거다."

차바시라의 고마운 설명이 끝나고, 오늘 수업이 끝을 고했다.

돌아갈 채비를 하는 옆자리의 주인에게 나는 한번 말을 걸어보기로 했다.

"요즘에 쿠시다랑은 어때?"

"어떠냐는 건?"

"잘 되어가고 있느냐는 이야기야."

"글쎄. 관계 개선을 위해 열심히 노력하고 있는 참이야. 너도 협력해줄 거니?"

"그냥 물어본 건데."

"쿠시다는 조금씩 변하고 있어."

"변하고 있다니 무슨 말이지?"

"오늘도 이따가 케야키 몰에 가서 그 애랑 차 마실 거야. 평소 같으면 고민도 안 하고 거절했을 일이지."

아무래도 생각한 것 이상으로 '표면상'에 한해서는 진전이 있는 모양이다.

"결실을 맺고 있다는 건가, 네 희망이."

"얘기를 나누다 보면 서로에 대해 알 수 있을지도 몰라."

"그거 다행이군. 그럼 난 이만."

나는 호리키타에게 짧게 대꾸하고 자리에서 일어났다.

"······뭐야."

놀림조로 한 대꾸에, 살짝 모멸감을 담은 눈빛을 내게 쏘았지만 외면했다.

잠시 후 호리키타도 자리에서 일어났다.

"아, 스즈네. 저기······ 공부, 언제 배우러 가면 돼?"

"네가 웬일로 이렇게 적극적이니, 스도."

"그야, 뭐. 퇴학당하고 싶지 않으니깐."

그렇게 말하는 스도는 어딘지 초조해 보였다.

목적은 물론 호리키타의 밸런타인 초콜릿.

"나는 오늘부터라도 괜찮은데."

하지만——.

"아직 동아리도 쉬는 날 되려면 멀었잖아? 가시험 이후부터 해도 늦지 않아."

호리키타가 그렇게 말해서 스도의 의도는 이슬로 사라졌다.

나는 교실을 나왔다.

아야노코지 그룹이 오늘 모이자고 했지만 사양했다.

당장에 해결해야 하는 문제가 남아 있다.

"키요타카 군!"

복도에 울려 퍼진 외침. 다만 조심스러운 성량.

"왜 그래, 아이리."

"오늘 그룹 모임에 안 온다는 게 정말이야?"

"그럴 생각이었는데."

"느, 늦어도 좋으니 와줄 수 없을까?"

"음…… 6시 넘어야 될지도 모르는데?"

"응. 아마 그 시간까지는 다함께 있을 거라고 생각해!"

"알았어. 그럼 다시 연락하는 걸로 해도 되겠지?"

그 한마디에 아이리는 굳은 표정을 환한 미소로 바꾸었다. 나는 그런 아이리에게 일단 인사하고 자리를 떠났다. B반에 도착하니 교실 안이 묘하게 조용했다.

내가 대화를 나눌 수 있는 학생은 극히 일부로 제한되어 있는데, 칸자키가 제일 좋지만 합숙 때 함께했던 스미다나 모리야마라도 괜찮았다.

하지만 공교롭게도 세 사람 모두 교실에 없었다.

누군가 아무나 붙잡고 말해도 되지만 그러지도 못했다.

나는 일단 물러나기로 했다.

그러는 와중에, B반에서 나온 여자애들의 이야기 소리가 들려왔다.

"있지…… 오늘 호나미가 쉰 이유 말인데 혹시……."

"그럴 리가 없잖아."

그런 짤막한 대화.

이치노세가 학교를 쉬었나.

단순한 우연일까 아니면 방금 들은 대로 지난번 사건과 관련 있는 것일까.

B반 교실에서 멀어지며 나는 생각에 잠겼다.

애당초, 이치노세가 어쩌다가 사카야나기에게 비밀을 들킨 것일까.

물론 콜드리딩, 핫리딩과 같이 상대방의 비밀을 이끌어내기 위한 화술은 존재한다. 하지만 이치노세는 도둑질한 과거를 밝히고 싶지 않을 것이다. 지금도 부정하고 있는 게 그 증거다.

최대의 적인 A반 인간한테, 아무리 유도 당했다고 한들 털어놓겠는가.

이케나 야마우치라면 모를까, 이치노세는 나름대로 머리도 좋다.

"사카야나기의 감언이설에 속았나……."

아니면 그밖에도 이치노세의 비밀을 아는 사람이 있는 건가.

하지만 아마도 B반에서 가장 신뢰하는 칸자키조차 모르는 눈치였다.

가까운 친구들도 반응을 보건대 아는 것 같지 않다.

학교 교직원 아니면…… 이치노세가 소속되어 있는 학생회.

"나구모가 이치노세를 버리고 사카야나기를 선택했다면 말이 되지."

단, 그건 어디까지나 몇 가지 가설이 맞아떨어졌을 때에 한한다.

애당초 카무로가 한 말이 전부 진실이 아니라면 입증할 수 없다.

이 대전제를 뒤집어엎을 수 있는 유일한 사람은 이치노세 호나미 본인.

아무리 넓다지만, 바깥세상에서 보면 좁은 학교 부지.

누군가와 만나 밀담을 나눌 때에는 아무래도 남의 눈을 신경 써야 한다.

이른 아침, 아니면 늦은 밤. 대체로 그 시간대가 되겠지.

나는 이치노세 호나미의 방 번호를 모르지만 그건 문제가 아니다. 기숙사 관리실에 전화해 직접 물어보면 그만. 학교 입장에서 학생의 방 번호를 비밀로 할 이유가 없다. 학생끼리 연락하고 싶다고 말하면 기본적으로 승낙하기 때문이다.

나는 이동하면서 전화를 걸어 금방 방 번호를 알아냈다.

등 뒤에서 거리를 두고 나를 감시하는 하시모토의 기척을 느꼈지만 무시했다.

최근 들어 낮과 저녁에는 항상 나를 미행하고 있다.

하시모토의 미행 거리감은 나쁘지 않았다. 지금까지도 몇 명 정도 미행해본 경험이 있나 보다.

굳이 감시당하고 있는 타이밍에 이치노세의 방을 찾아가 얻을 이익은 하나도 없는 것처럼 보이겠지만 사실은 정반대. 감시당하고 있으니까 더욱 보여줄 가치가 있는 행동이다.

빨리 기숙사로 돌아가 이치노세의 상태를 확인하려고 마음먹은 나는 이치노세의 방이 있는 층으로 발걸음을 옮겼다. 하지만 공교롭게도 이치노세의 방 앞에 몇몇 여학생이 서 있었다.

이치노세 그룹과 특히 친하게 지내는 여학생들이었다.

나는 바로 뒤돌아 엘리베이터에 다시 올라탔다.

오늘은 그만둬야겠군.

3

5시. 나는 기숙사에서 조금 떨어진 장소로 케이를 불러 냈다.

인기척은 적었지만, 그렇다고 사람이 아예 오지 않는 장소도 아니었다.

"아, 추워. 왜 이런 데서 만나자는 거야? 딴 데도 많잖아."

"로비에서 만날 수는 없잖아. 너무 대놓고 만나면 이상한 소문이 돌지도 몰라. 그렇게 되면 네가 곤란할 텐데?"

"뭐, 그건 그렇지만……. 하지만 여긴 몰래 만나기에는 미

묘하게 눈에 띄는 곳 아닌가? 혹시라도 누가 보면 더 소문 날 것 같은데……."

"걱정하지 마."

"뭐~랄까, 조심하는 건지 안 하는 건지 알 수가 없네. 상관없지만."

이곳이면 충분하다. 나를 졸졸 따라다니는 남자도 오래 버티지는 못할 테니까 말이지.

"그나저나 너무 추워. 빨리 여름 됐으면 좋겠어."

"여름에는 또 빨리 겨울이 되면 좋겠다고 하는 것 아니야?"

그 말에 케이는 잠시 생각에 잠겼다.

"소녀란 원래 다 그런 법이야."

카루이자와가 그렇게 말하며 콧방귀를 꼈다.

"그러고 보니 이번 달에는 특별시험이 없는 건가."

"합숙도 이제 막 끝났으니까, 없어도 이상하진 않지."

"그럼 여유로운 느낌?"

"학년말 시험은 괜찮겠어? 아마 상당히 어려울 거다."

그렇게 말했을 때, 케이의 몸이 굳는 것을 알았다.

"어…… 진짜?"

지금까지 어떻게든 극복해온 케이지만 학력 면에서는 방심할 수 없다.

"공부 가르쳐줘."

"히라타한테 부탁―― 못할 것도 없지만, 아무래도 어려우려나."

케이라면 헤어진 직후에 뻔뻔하게 부탁하는 것도 가능하겠지만, 본인이 별로 내키지 않는 모양이었다. 나를 물끄러미 응시했다.

제일 편한 방법은 케세이에게 공부를 봐달라고 하는 것인데, 그건 조금 비현실적이다.

갑자기 우리 그룹에 끌어들이면 틀림없이 문제가 일어날 것이다.

"밤에나 가능할 텐데, 그래도 괜찮겠어?"

"퇴학당하는 것보다 낫지."

지당한 말씀.

"그럼 계획 짜놓을게."

"잘 부탁해."

다만, 학년말 시험을 극복하더라도 새로운 문제가 금방 또 찾아오리라.

오는 3월. 아마도 그 시작에 대형 특별시험이 기다리고 있을 것이다.

그것을 무사히 통과해야 비로소 1학년 과정이 종료되겠지.

마지막의 마지막까지 방심할 수 없는 싸움이 이어진다.

"그런데, 나한테 용건이 뭔데?"

왠지 들떠 하며 그렇게 물었다.

"왜 그래?"

"아니. 꼭 오늘 나를 만나고 싶어 했던 게 아닌가 싶어서."

"오늘이 아니어도 됐는데, 빨리 확인하고 싶은 게 생겼거든."

"흐음."

뭔가를 의심하는 듯한 눈초리.

나는 개의치 않고 본론을 꺼내기로 했다.

"이 번호, 뭐 짐작 가는 거 없어?"

지난번 내게 걸려온, 등록되지 않은 전화번호를 보여주었다.

"으음, 누구지? 뭐야, 모르는 사람한테 전화 온 거야?"

"맞아."

케이는 전화 마크를 눌러 수동으로 키패드에 그 번호를 입력했다.

주소록에 등록된 번호라면 입력이 끝났을 때 이름이 뜰 것이다.

"안 나오는 모양이군."

"다른 애들보다 연락처가 많긴 하지만, 나도 상급생은 거의 모르니까."

밑져야 본전이라는 생각으로 확인해본 건데 역시 희망은 희박한가.

"다시 걸어보면 되는 거 아니야?"

"몇 번 해봤는데 전원이 꺼져 있어."

"흐음⋯⋯? 중요한 일이면 알아봐줄까?"

"그래. 오늘 용건은 그것 때문이기도 했어. 단, 조심성 없이 걸지는 말고."

오케이, 하고 케이가 고개를 끄덕이더니 번호를 메모했다.

"그것뿐이야?"

"그래. 그럼 또 보자."

얼른 마무리 짓고 가려는데, 케이가 허둥지둥 불러 세웠다.

"아, 그런데. 나도 좀 할 이야기가 있어. 문제 하나 내도 돼?"

케이가 가까이 다가와 기묘한 문제를 냈다.

"오늘 무슨 날이게? 자, 5, 4, 3──."

"……상상 이상으로 너무 간단해서, 오히려 그게 오답인가 싶은 생각이 드는군."

"꼬지 말고 그냥 답을 말해."

"밸런타──."

"네, 정답."

툭 하고 머리에 닿는 가벼운 상자의 감촉.

"나 주는 건가?"

"원래는 요스케 군 주려고 준비한 건데, 이제 필요 없게 됐으니까."

"히라타 주려던 거, 말이지?"

"뭐, 불만이야?"

"아니, 밸런타인 준비를 꽤 오래 한다 싶어서."

케이가 히라타와 헤어지기로 결정한 게 벌써 한 달도 더 지난 일이다.

"나, 나는 용의주도하거든. 헤어지기로 정했어도, 필요하게 될 일도 생길지 모르잖아? 뭐, 연애 경험이라고는 없는

넌 모르겠지만."

그렇게 말하면 그럴지도 모르겠군.

"나한테 받을지도 모른다고 생각해서 오늘 만나자고 한 건 줄 알았더니."

"미안, 그런 생각은 전혀 안 해봤어."

케이는 순간 욱한 것 같았지만, 금세 원래 표정으로 돌아왔다.

"참고로 물어보는데, 다른 애한테는 받았니?"

얼버무리듯, 화제를 살짝 돌리는 케이.

"아니, 전혀."

여기서는 받았는가 못 받았는가 하는 사실 여부와 상관없이, 그렇게 대답해야 한다고 판단했다.

"꼴좋네. 0이랑 어울리는 남자~."

속공으로 무시당했다.

"그런데 괜찮겠어? 나한테 주면 0이 아니게 되는데."

"그건 그것대로 비참한 일이지. 나의 구제 조치인 거니까."

참으로 위에서 내려다보는 시선이다.

"아, 답례는 1,000배로 돌려줘도 괜찮아."

그 또한 몹시 얼토당토않은 이야기다.

"그런데 말이야——."

다시 화제를 전환하려고 한 케이.

그 말은 내 눈을 보더니 다시 목구멍 안으로 들어갔다.

가까운 거리에서 서로의 눈과 눈이 만났다.

나는 천천히 그 눈을 움직여 기숙사 쪽으로 돌렸다.

"그럼 나 먼저 갈게."

"그래. 다음에 보자."

인사한 케이는 재빨리 기숙사로 돌아갔다.

나는 곧바로 가방에 선물을 넣었다.

○애매한 것

하시모토 마사요시에게 있어서 누구 밑에 붙을지, 하는 문제는 사소한 것에 불과했다.

아니, 아예 신경 쓰지 않는다고 말해도 과언이 아니었다.

사카야나기가 리더이든 카츠라기가 리더이든, 자신에게 유익한 쪽을 이용한다. 단지 그것뿐. 시작부터 A반이었던 건 다행이지만, 도중에 B반이나 C반으로 떨어지는 것도 염두에 두고 있었다.

중요한 건 마지막에 역전할 수 있는 포지션 잡기.

그래서 이른 단계에 대두한 류엔 카케루와 접촉했고 가능성을 느꼈다.

사카야나기와 이치노세를 쓰러트릴 수 있는 인재. 어딘지 무서운 힘이 있는 사람이라고 인식했다. 필요하다고 하면 A반의 정보를 흘리는 것도 주저하지 않았다. 물론 어디까지나 사카야나기의 그늘 아래에서의 첩보 활동. 하지만 류엔이 남들보다 위에 선다면 사카야나기를 배신하는 것도 마다하지 않을 것이었다.

마찬가지로 B반의 이치노세 역시 점찍어두었다. 다만 이치노세는 류엔이나 사카야나기와 달리 뒷공작이 통하지 않는 상대. 하시모토는 무리하지 않고, 주변 장애물부터 제거해나가기로 했다. 이치노세를 배신하게 만드는 것까지는 못하더라도, 그녀와 가까운 B반의 어떤 학생과도 인맥을 만들어두었다.

이것이 입학 후 하시모토가 바로 구축한 각 반과의 관계.

예측하지 못한 사태에 대비한 보험은 많이 들수록 좋으니까.

그리고 오늘도 그 '예측하지 못한 사태'에 대비한 밑작업을 하려고 했다.

"저, 저기, 하시모토. 잠깐 괜찮아?"

방과 후 복도. 같은 반 여학생 모토도이 치카코가 하시모토를 불렀다. 하시모토와 같은 테니스부인 아이였다. 하시모토가 교실을 나가는 것을 보고 뒤따라온 것 같았다. 어딘지 붕 뜬 모습이 초조해 보였다.

하시모토는 용건을 묻지 않고도 무슨 상황인지 바로 이해했다.

오늘은 2월 14일. 이런 일이야 이미 수차례 경험했다.

다만, 이미 알아도 얼굴에 드러내지 않았다. 당연히 말로도 하지 않았고.

"무슨 일이야, 모토도이. 나한테 무슨 할 말 있어?"

그렇게 다정하게 묻자, 모토도이가 결심이 선 듯 입을 열었다.

"이거, 초콜릿이야. 오늘이 밸런타인데이니까."

그렇게 말하며 내민 초콜릿을 하시모토는 바로 받았다.

"고마워, 모토도이. 기쁘다."

"다, 다행이야."

하시모토는 예전부터 모토도이가 자신에게 이성적인 호의가 담긴 시선을 보내고 있음을 느끼고 있었다. 십중팔구, 진심이 담긴 초콜릿이겠지. 고백하면 성공할 자신은 있지만, 모토도이에게 아무런 감정도 없다. 어쨌든 이용할 가치가 없는 인간으로만 인식했기 때문이다. 사귀어서 얻을 이점도 0이라고 판단했다.

"가끔은 동아리에도 얼굴 좀 내밀어."

"미안, 요즘 들어 땡땡이만 쳐서."

"정말 그래. 선배, 어이없어하고 있다니까."

"명심할게. 그리고 아무튼 다음 달에, 제대로 답례할게."

"그, 그래."

모토도이는 새빨개진 얼굴로 고개를 끄덕이더니 어색함에서 벗어나려고 후닥닥 달려갔다.

사귈 가능성은 제로. 그래도 하시모토는 관계 발전의 여지를 남겨두었다.

어쩌면 앞으로 뭔가가 달라질지도 모르니까 말이다.

하시모토는 지체된 시간을 만회하기 위해 살짝 빠른 걸음으로 1학년 C반을 향했다.

지금, 모토도이 따위보다 훨씬 주목해야 할 한 인물이 있는 곳이다.

C반의 남학생, 아야노코지 키요타카.

"왜 이렇게 신경 쓰이는 거지."

하시모토 본인도 이상하다는 생각이 드는 부분은 있다.

합숙 전까지는 완전히 노 마크였던, 그냥 얼굴만 아는 수준이었다. 체육대회 때 전 학생회장과의 장절한 릴레이를 기억하고는 있지만, 그것이 전부. 달리기를 잘하는 것 하나 가지고 평가가 크게 달라지진 않는다고 생각했었다. 무엇보다 강력한 안테나를 사방으로 뻗고 있는 사카야나기와 류엔이, 아야노코지에게 특별한 시선을 보내고 있지 않았으니까.

그런데 이제 와서, 아야노코지에 대한 생각을 새로이 하게 되는 일이 일어났다.

학생회장 나구모 미야비의 기묘한 발언. 호리키타 마나부가 누구보다도 높이 평가하는 남자라는 이상한 말. 그냥 농담으로 넘기려고 했지만 그럴 수 없었다.

지금 와서 생각해보니 그런 징후는 있었다. 왜 전 학생회장과 아야노코지가 직접 대결을 한 걸까.

그건 단순한 우연이 아니지 않았을까.

뭔가 의도가 있어서 그런 형태로 연기할 수밖에 없었던 거라면.

그런 의심이 소용돌이치기 시작했다.

그리고 류엔이 이시자키 무리에게 제압당한 사건도 아직 어딘가 석연치 않다. 현재 C반도 봄에는 압도적인 꼴찌였는데, 차근차근 윗반과의 차를 좁히기 시작했다.

만약 이러한 일련의 일들에 아야노코지가 개입되어 있

다면…….

"사카야나기랑 류엔을 능가, 할 수도 있으려나……?"

현시점에서는 도저히 그렇게 보이지 않는다.

그것도 당연하다. 이대로라면 단순한 의심에서 끝. 지나친 망상. 결정적인 뭔가가 부족하다. 나구모의 말은 현실미없는 농담에 지나지 않았고, 체육대회 때 있었던 릴레이 사건도 하시모토가 마음대로 한 상상이었다.

그렇기에 사실을 확인하기 위한 행동.

사카야나기에게 지시를 받아 이치노세에 관한 소문을 퍼트리면서 요즘에는 시간이 비면 아야노코지의 뒤를 밟아 정보를 캐내고 있다.

C반에 도착했더니 이미 아야노코지의 모습은 보이지 않았다.

"늘 허투루 쓰는 시간이 없군, 아야노코지는."

교우 관계가 좁아서인지 몰라도, 수업이 끝나고 교실에 남아 있는 경우가 별로 없다.

오늘도 미야케, 유키무라 등 친한 그룹과 함께 있나 생각했지만, 교실에 유키무라와 사쿠라가 남아 있는 모습을 확인하고는 그 가능성을 일단 지웠다.

"요, 히라타."

경솔하게 다른 반을 관찰하고 있으면 눈에 띄기 마련이다.

하시모토는 아직 동아리에 가지 않은 히라타에게 바로 말을 걸었다.

"아, 하시모토. 무슨 일이야?"

"새 여자친구가 생겼나 확인하러 왔지."

"그런. 지금은 여자친구 사귈 생각 같은 거 없어."

"상처받은 마음을 치유하는 중이라는 건가?"

"하하…… 그렇다고 볼 수 있나."

"그 이야기는 다음에 다시 자세히 듣지. 실은 합숙 때 같은 조였던 녀석의 연락처를 물으러 다니고 있던 참이야. 다음은 아야노코지, 라고 생각하고 있었는데 벌써 돌아간 모양이네."

"못 만났어? 불과 1, 2분 전에 나간 것 같은데……."

간발의 차이로 늦었다. 바로 쫓아가자고 판단하고 히라타에게 인사한 다음 곧장 현관으로 향했다.

이제 곧 학년말 시험. 하시모토도 매일 미행만 하고 있을 수는 없는 노릇이다. 맞는지 아닌지 확실하게 결착을 지은 다음, 훌훌 털어내고 얼른 시험에 대비해 철저한 태세를 갖추고 싶다.

"슬슬 뭔가 잡히는 게 있으면 좋겠는데."

기회가 생긴다면 바로 나설 것이다. 그럴 작정으로 뒤를 쫓았다.

운 좋게도 아야노코지는 현관 앞에서 휴대폰을 만지작거리고 있었다. 누군가와 만날 약속이라도 하고 있는 걸까, 아니면 단순히 시간 때우기일까. 어쨌든 하시모토로서는 행운이 이어지는 전개였다.

아야노코지는 빈번히 휴대폰으로 누군가와 연락을 주고받고 있다. 그것이 미야케 무리뿐인지, 아니면 하시모토가 모르는 사람과 연결되어 있는지, 그건 모른다.

한 가지 확실한 것은 미행 자체는 몹시 편한 상대라는 점.

지금까지 하시모토는 몇 명의 학생을 미행했다. 카츠라기, 류엔, 칸자키, 때로는 이치노세도. 그 모두가 쉽지 않았다. 이틀에 한 번 꼴로 뒤를 밟을 수 있으면 성공적. 운이 나쁠 때는 일주일 가까이 정보를 얻지 못한 적도 있었다.

그런데 아야노코지는 매일 행동이 단조로웠고, 교우 관계가 극단적으로 좁았다.

그래서 먼저 가서 기다리고 있는 것도 손쉬웠다. 무엇보다 경계심이란 게 전혀 없었다.

뒤를 신경 쓰거나 예민한 감각, 우연히 후각을 발휘하는 일도 없었다.

하지만 하시모토는 방심해서 오만해지지 않았다.

세세한 부분까지 조심해서, 충분한 거리를 두고 아야노코지의 뒤를 밟았다.

그런 하시모토에게 같은 반 시미즈 나오키로부터 전화가 걸려왔다.

"여보세요. 무슨 일이야, 나오키."

"아니…… 실은 오늘 아침 일 말인데…… 진짜 당혹스러웠어."

"아아. 신경 안 쓰는 게 나을 거야. 우리 반 안에도 입 싼 녀석들이 많다는 거지."

하시모토가 소속된 A반에서 아침에 어떤 문제가 일어났다. 시미즈가 니시카와라는 여자애에게 고백했다가 차인 일이 반 여자애들 사이에 쫙 퍼졌던 것이다. 아마 니시카와가 친구에게 살짝 귀띔해준 게 퍼진 것이리라. 흔히 일어나는 일이다.

"그런 거 일일이 신경 썼다간 아무한테도 고백 못 하게 될걸?"

"그, 그렇지만…… 절대 용서 못 해, 니시카와 녀석."

"푸념을 들어주고 싶은 생각은 굴뚝같지만, 내가 지금 좀 바빠."

"그래? 미안."

밤에 다시 걸겠노라 약속하고 하시모토는 전화를 끊었다.

"확실히 성공한다는 보장도 없이 고백 따위를 하니까 그렇지."

나중에 위로해주기로 하고, 기숙사로 돌아가는 아야노코지의 뒤를 밟았다.

"이대로 곧장 들어가면 오늘도 허탕, 인가."

아야노코지를 미행해서 힘든 점을 꼽으라면 변화가 별로 없다는 사실이리라.

그런데 엘리베이터는 아야노코지의 방이 있는 4층을 지나쳐 그대로 올라갔다. 얼마간 모니터를 관찰하자, 여자애들이 머무는 층에서 내렸다.

"내 기억으로는…… 이치노세가 있는 층인가."

단순한 우연이고, 다른 여자애와 만날 수도 있다.

하지만 이런 시기라면 싫어도 자꾸 이치노세와의 관련성을 연상해버리고 만다.

"하지만 상대가 이치노세라고 해도 단순히 문병일 가능성도 있나……."

아무리 아야노코지의 교우 관계가 좁다지만, 이치노세는 학년에서도 인기가 높은 학생이다.

아야노코지와 친구가 되었어도 놀랄 일이 아니다. 하물며 상대가 귀엽다면, 뭔가를 기대하고 문병 갈 학생이 있어도 이상하지 않다.

그런데 아야노코지는 금세 엘리베이터로 돌아왔다. 그리고 엘리베이터는 아야노코지의 방이 있는 4층에 멈췄다가 내려갔다.

"뭐야……?"

이해하기 힘든 행동. 이치노세의 층에서 B반 여자애들이 엘리베이터에 타는 모습이 모니터 화면에 들어왔다. 그래서 아야노코지가 먼저 병문안 온 여자애들을 목격하고 돌아왔다고 추리한 하시모토.

혹시 몰라 엘리베이터를 타고 곧장 4층으로 향했지만, 아야노코지의 모습은 이미 사라지고 없었다.

방에 들어갔다고 보는 게 맞으리라.

"결국 오늘도 허탕 쳤나."

철수할까 고민한 하시모토는 로비에서 잠시 상황을 살펴보기로 했다.

아직 시간도 이르다. 이후에 이치노세와 접촉하거나 혹은 다른 인물과 약속해서 외출할 가능성도 충분히 있다고 보았다. 위로 올라가든 아래로 내려오든 엘리베이터에 탄다면 모니터로 확인할 수 있다.

그런 하시모토의 혹시나 싶은 기다림은 약 1시간 후에 결실을 맺었다.

엘리베이터에 탄 아야노코지가 아래로 내려오기 시작했다.

아직 사복으로 갈아입지 않은 상태.

"다시 학교에 가나?"

굳이 귀가했다가 그런 행동을 하는 것은 이해할 수 없다.

가령 가까운 편의점에 가는데 옷 갈아입기 귀찮았다, 라는 거라면 설명이 되지만 손에는 책가방이 들려 있었다.

하시모토는 바로 소파에서 일어나 비상계단 쪽에 몸을 숨겼다.

"재미있는 전개를 기대하고 싶군."

그런 하시모토의 소망이 통하기라도 한 듯, 아야노코지는 로비를 나가 인기척이 없는 곳으로 걸어갔다. 이렇게 해서 적어도 목적지가 학교나 편의점일 가능성은 사라졌다. 그렇다면 누군가와의 만남? 아니, 단순히 친구와 만나기에는 적절하지 않은 장소로 이동하고 있는데.

이러면 뭘 할지, 누구랑 만날지와 같은 부분이 아무래도 기대가 된다.

누군가와 만나기로 했다는 건 확정적.

호리키타 전 학생회장, 아니면 류엔 등이 등장하면 대박이다.

그런 생각은 예상치 못한 형태로 배반당했다.

"어이어이, 진짜냐……."

아야노코지가 간 장소에 나타난 사람은 1학년 C반 카루이자와 케이.

최근에 히라타와 헤어져 A반에서도 조금 화제가 되었던 여자다. 하시모토와는 지금까지 접점이 전혀 없었는데, 의외의 존재가 등장하자 놀라움을 감출 수 없었다.

몰려드는 허탈감. 배반당한 기대.

하시모토가 쫓은 아야노코지의 '이면'과는 아무 상관도 없는, 단순한 연애 사정. 자꾸 그쪽으로 생각이 가려고 했는데, 아무리 봐도 두 사람의 관계는 친구의 범위를 넘어선 듯한 기분이 들었다.

히라타와 카루이자와의 데이트를 몇 번인가 목격한 적이 있는데, 그때는 느끼지 못했던 '연인 같은 분위기'라든지 '깊은 친밀도'가 보였던 것이다.

"……모르겠네. 왜 아야노코지지."

아니, 어느 쪽이 호감을 가지고 있는 걸까. 혹시 쌍방인가? 계속 추리해 봐도 답이 나오지 않았다. 원래 연애에 정답이란 없다. 히라타와 아야노코지를 객관적으로 비교하면 여자 중 8할은 히라타를 선택하겠지만, 나머지 2할이 아야노코지를 선택해도 이상한 일은 아니다.

100명 있으면 못해도 20명은 아야노코지를 선택한다는 것. 그렇다는 말은…….

"아야노코지가 빈번히 연락했던 상대가, 카루이자와……?"

하지만 곧바로 생각을 바꾸었다. 지금까지는 하시모토가 혼자 하는 단정, 상상에 불과하다. 좀 더 파보지 않으면 답을 알 수 없다. 하지만 사람이 없는 장소인 만큼 부주의하게 가까이 접근할 수도 없는 노릇이라서, 두 사람의 대화 내용까지는 엿들을 수 없었다.

"어떻게 하지……."

결론을 내지 못하는 하시모토였는데…….

두 사람의 상황이 갑자기 달라졌다.

"초콜릿, 인가?"

카루이자와가 손에 들고 있던 것을 아야노코지에게 건넸다. 2월 14일, 남의 눈을 피해 건네주는 것이라면, 내용물을 굳이 보지 않아도 쉽게 예상할 수 있다.

이렇게 되면 적어도 카루이자와는 아야노코지에게 호감을 품고 있다는 뜻이 된다.

"뭐, 일단 오늘은 여기서 끝낼까."

알고 싶었던 정보와는 거리가 멀었다.

하시모토는 그렇게 결론짓고 철수하려다가 움직임을 멈췄다.

"이 기회에…… 장난 좀 쳐봐?"

학년말 시험까지 얼마 남지 않았음을 감안하면 이건 기회라고도 할 수 있다.

아무 상관없는 카루이자와를 억지로 끌어들여 동요시켜보는 것이다. 거기서 아야노코지가 본색을 드러내면 기회. 반대로 아무렇지 않으면 그저 선량한 학생으로 판단하게 될지도 모른다.

하시모토는 그렇게 생각하고 아야노코지 쪽을 향해 걸음 속도를 높였다.

1

뒤에서 다가오는 기색…… 그 발걸음은 빨랐다. 우리가 가까운 거리에서 마주 보고 서 있는 현장을 놓치지 않겠다는 의도가 명백했다.

"요, 카루이자와. 그리고 아야노코지도 있네?"

로비에서 여기까지 숨죽여 내 뒤를 밟은 하시모토였다.

"……으음, 누구야?"

케이는 하시모토를 모르는지, 내게 물었다.

"A반 하시모토야. 저번 합숙 때 같은 조였어."

하시모토는 내게 인사도 하는 둥 마는 둥 케이에게 가까이 다가갔다.

"이런 데서 남녀가 밀회라니, 여간내기가 아닌데, 아야노
코지."

언젠가 접촉해올 줄은 알았는데, 이런 타이밍이라니.

그렇다면 나도 그 덫을 이용해주겠다.

"딱히 뭘 한 것도 아니고——."

"숨기지 마라. 오늘은 밸런타인데이, 연인 사이도 아닌 두
사람이 몰래 만나도 이상하진 않지. 실제로 받은 모양이기
도 하고."

내가 받자마자 가방에 넣은 초콜릿도 봤군.

"초콜릿을 받은 것도 우연이야. 의도해서 만난 게 아니야."

그렇게 부정해도 하시모토는 콧방귀를 끼며 변명임을
간파했다.

"아니아니, 처음부터 초콜릿을 받을 거라고 예상했던 거
아니야? 그 가방."

"가방?"

"보통은 기숙사에 돌아갔는데 학교 가방을 다시 들고 나
오진 않잖아?"

"……아니, 원래 도서관에 가려고 했어. 그냥 가기 전에,
카루이자와가 불러냈으니까 잠깐 만나고 가려고 한 거지."

"그러니까…… 우연이라고?"

나는 하시모토를 향해 고개를 끄덕이고는 가방에서 책 두
권을 꺼내 보여주었다.

"뭐, 이랬든 저랬든 마찬가지야. 카루이자와한테 초콜릿

을 받은 건 사실이니까."

하시모토의 입장에서는 내가 먼저 만나자고 한 게 아니라도 카루이자와한테 초콜릿을 받았다는 사실이 중요한 것이다.

"잘 모르겠는데 말이야…… 그게 무슨 문제가 돼?"

"아야노코지의 어떤 부분에 반했는지 그냥 궁금해서 그래. 카루이자와의 전 남자친구는 학교에서도 굴지의 인기를 자랑하는 히라타잖아? 그런 히라타를 차면서까지 아야노코지를 선택했다는 거 아니야?"

요컨대 어떻게 해서 그런 과정에 이르렀는지, 그 부분이 궁금하다는 것이었다.

우리의 대화를 묵묵히 듣고 있던 케이가 입을 열었다.

"아, 미안. 그거, 네 착각인데."

"착각?"

"그래. 초콜릿, 원래는 히라타한테 주려던 거야. 왠지 버리기도 아깝고, 누군가에게 줘버릴까 생각하다가 대충 아야노코지를 선택한 것뿐이야."

"그렇게 다정하게 초콜릿을 줘놓고 대충? 미안하지만 그렇게는 안 보였는데. 게다가 장소도 이런 곳이잖아? 거짓말을 잘 못 하는군."

하시모토가 그렇게 말하며 웃자, 케이가 노골적으로 화냈다.

"뭐? 너 갑자기 나타나서 이상한 헛소리나 지껄이고, 지금 뭐하자는 거야?"

갑자기 위압적인 눈빛으로 노려보는 케이.

"나는 그냥 진실을 알고 싶은 것뿐인데."

살짝 기가 눌린 하시모토.

그렇다고는 하나 부자연스러운 부분을 감출 수 없는 건 사실이었다.

그래서 나는 방향을 바꾸기로 했다.

케이가 거기에 잘 맞춰줄 수 있을지는 능력을 믿어봐야겠지.

"그냥 솔직히 말하는 게 낫지 않겠어? 카루이자와. 여기서 감추면 나중에 더 귀찮아질 것 같아. 혹시라도 우리가 사귄다고『그 녀석』이 생각하게 되면 더 곤란하잖아?"

그렇게 말하며 배턴을 넘겼다.

케이는 망설이지 않고, 노골적으로 한숨을 푹 내쉬었다.

"아아, 진짜. 말해두는데 이 이야기는 절대 소문 내지 마."

그렇게 말하고는 하시모토를 손가락으로 가리켰다.

"초콜릿은 사실 아야노코지한테 맡긴 거야. 내가 진짜로 좋아하는 사람한테 전해달라고."

"그러니까── 아야노코지는 중개자 역할이라고?"

"그래. 이제 알겠니?"

도저히 믿을 수 없다, 그런 몸짓을 보이는 하시모토.

"그럼 그 초콜릿, 진짜 주인은 누군데?"

하시모토의 추궁이 이어졌다.

"뭐? 처음 보는 애한테 내가 그걸 왜 알려줘야 해? 바보 아냐?"

도발하는 케이였는데, 거짓말 같지 않고 자연스러웠다.

만들어낸 갸루, 카루이자와 케이의 모습이었다.

"그건── 뭐, 그렇지."

살짝 놀란 투로 확인한 하시모토는 미안하다는 듯 고개를 숙였다.

"고개 숙인다고 끝날 문제가 아니지. 진짜 작작했으면 좋겠네."

"……그래. 그런 거라면 내 착각이었던 모양이군, 미안하다. 서로 좋아하는 사이인가 싶어서 나도 모르게 오해해버렸다."

"애당초 아무 상관도 없는 네가 왜 끼어들어?"

"그 점에 관해서라면, 전혀 상관없는 것도 아니야."

"뭐?"

화난 케이에게 하시모토가 다가갔다.

그리고 벽으로 몰아 케이를 팔 안에 가두었다.

"잠깐, 뭐하는 거야."

"전부터 마음에 들었어. 나랑 사귀어주라, 카루이자와. 누굴 새로 좋아하게 됐는지는 모르겠지만, 초콜릿을 안 준 건 아직 마음을 전하지 않았다는 거야. 그렇지?"

지금부터라도 늦지 않았다는 강한 어필을 해왔다.

"무슨 소리를 하는 거야…… 이런 상황에서 내가 오케이라고 말할 것 같아?"

"연애는 앞으로 어떻게 될지 모르니까 재미있는 거잖아?"

그렇게 말하며 날카로운 눈빛으로 순간 나를 찔렀다.

케이에게 과감하게 다가가, 나로부터 어떠한 감정을 끌어내려는 의도였는지도 모르겠다.

"그럼 난 먼저 간다."

"뭐? 잠깐만. 나도 지금 돌아갈 거야."

억지로 하시모토의 품에서 빠져나온 케이가 거리를 벌렸다.

"따라오지 마."

하시모토는 쓴웃음을 지었지만, 과연 더 이상은 강제로 힘을 쓰지 않을 모양이었다.

아니, 이제 케이에게서 완전히 흥미를 잃은 것처럼 보였다.

상황이 상황인 만큼 케이는 어이없다는 듯 일부러 한숨을 푹 내쉰 후 자리를 떠났다.

"미안하다. 묘한 순간에 난입해서."

"난 별로."

기숙사와 학교의 갈림길까지 하시모토와 나란히 걸었다.

"그나저나 너도 연애 면으로는 여러 가지로 참 힘들겠다."

"그게 무슨 말이지?"

"그렇게 크면 경험 얕은 여자는 차마 받아들이기 힘든 것 아닌가 하고."

놀리듯이 웃으며 내 어깨에 팔을 두르고는 귀에 속삭였다.

또 그 이야기냐……

"황당해할 거 없어. 너에게 꽤 많은 사람이 경의를 표하고 있는 상황이니까."

하나도 기쁘지 않다.

오히려 그 원인이 되었던 합숙이 점점 싫어질 것 같았다.

"그러니까 킹. 나랑 전화번호 교환하자."

"뜬금없는 그 별명, 앞으로 두 번 다시 안 부르겠다고 약속하면 교환해도 좋아."

"하하하하! 안 할게, 안 할게."

사과하며 휴대폰을 꺼내 든 하시모토와 연락처를 교환하기로 했다.

"그럼 나도 오늘은 이만 돌아가련다. 다음에 또 보자, 아야노코지."

폭풍우처럼 찾아왔다가 떠나가는 하시모토.

이걸로 수확은 충분하다고 여긴 걸까, 아니면 더 깊이 추적하는 건 금물임을 느낀 걸까.

어찌 됐든 하시모토 안에 내 존재는 미심쩍은 상태로 계속해서 남아 있겠지.

이대로라면.

나는 도서관에 들러, 대기하고 있을 히요리와 만나기로 결심했다.

그리고 또 한 사람, 학교에서 보기로 약속한 인물을 만나야 한다.

2

예정보다도 귀가가 더 늦어져, 그룹에 합류하지 못했다.

7시 전에 기숙사 방에 돌아오니 문 앞에 종이봉투가 놓여 있었다.

안에는 포장이 다른 두 개의 상자가 들어 있었다. 하나는 사각, 하나는 원.. 각각 이름이 적혀 있었는데, 하루카와 아이리가 준비한 밸런타인 초콜릿이었다.

이미 채팅할 때 그런 내용이 있었고, 아키토와 케세이도 같은 것을 받았다.

방에 돌아온 나는 받은 초콜릿을 책상 위에 쭉 늘어놓았다.

"설마 다섯 개나 받을 줄이야……."

케이, 아이리, 하루카, 히요리. 그리고 또 하나.

귀여운 핑크빛 포장용 리본이 달린 초콜릿 상자.

밤 10시가 넘었을 때 나는 모자 달린 옷을 걸치고 복도로 나갔다.

그리고 엘리베이터에 올라탔다.

엘리베이터 안에 설치된 카메라로는 내 얼굴을 포착할 수 없다.

만에 하나 문제가 생겨도 회피할 수 있도록. 원래라면 다른 장소에서 만나는 게 이상적이지만, 몸 상태가 나빠 학교를 쉬었으니 어쩔 수 없다.

벌써 잠자리에 들었어도 이상하지 않은 시간대였지만, 호리키타한테 받은 이치노세의 연락처를 통해 채팅 메시지를 날려서 아직 자지 않는 걸 확인하고 하는 행동이다.

다만 방으로 찾아간다고는 말하지 않았다.

나는 이치노세가 있는 층에 내려 문 앞에 섰다. 그리고 초인종을 눌렀다. 10초, 20초.

안에서 아무 소리도 들리지 않았다. 다시 한번 초인종을 눌렀다.

야밤에 찾아왔으니 이치노세도 당연히 당황하겠지.

30초가 지났을 무렵, 나는 목소리를 냈다.

"나야, 이치노세, 아야노코지야."

통금시간이 지났는데 내가 이 층에 계속 있는 것은 문제가 된다.

그것은 이치노세도 잘 알고 있겠지.

부주의하게 상대를 위험에 빠트리는 행동을 그녀는 선택하지 않는다.

"……아야노코지, 구나. 무슨 일이야?"

문 너머로 들려오는 이치노세의 목소리. 목소리만 들었을 때는 힘이 없어 보였다.

"콜록, 콜록."

그 직후 방 안에서 들린 기침 소리. 진짜 몸이 아픈지 소리만 듣고 판단하기란 어렵다.

"좀 중요한 할 얘기가 있어. 잠깐 들어갔으면 하는데, 안 돼?"

"아니…… 음…….'"

"솔직히, 지금 이 모습을 다른 여자애들이 보면 좀 일이 성가셔질 것 같아."

살짝 억지로 밀어붙였다.

"잠깐만 기다려, 줘."

그렇게 말하더니, 잠시 후 잠금장치를 푸는 소리가 들렸다.

문을 열어준 이치노세는 믿을 수 없을 정도로 가라앉아 있었다.

"으흠, 막 밀어붙이네, 아야노코지……."

마스크를 한 모습을 보아 컨디션이 나쁜 건 분명해 보였다.

아무래도 꾀병은 아닌 듯하다.

"미안. 좀 억지로 밀어붙인 게 사실이긴 해. 많이 아파 보인다."

"응……. 좀, 저지르고 말았네……."

"미안하다, 이런 시간에 찾아와서."

"괜찮아, 괜찮아. 열은 거의 다 내렸어. 굳이 말하자면 너무 잠만 자서 배고파 힘든 상황? 아, 그리고 미안한테 마스크 하지 않을래?"

감기를 옮기면 안 되니까, 하고 이치노세가 마스크를 꺼내주었다.

나는 면역력이 강한 편이지만 그래도 절대라는 건 없다. 무턱대고 거절했다가 감기에 걸린다면 나중에 이치노세가 몹시 후회하겠지. 지금은 망설이지 말고 하라는 대로 마스크를 끼자.

"그런데 병원에는?"

"평일에는 갔어."

이치노세는 널리 퍼진 소문 때문에 꾀병 부리며 학교를 쉬었다.

학생 대부분은 그렇게 여기고 있었지만, 아무래도 그건 아닌 모양이었다.

정말로 아픈 건 틀림없어 보였다.

"소문 때문에 쉬는 게 아닌가 싶어서 걱정해줬구나. 고마워."

"아니⋯⋯."

내 생각을 다 읽었나.

"아플 때 이렇게 만나는 건 아야노코지가 최초야."

"그래?"

"열이 지독할 때 병문안 오고 싶어 한 애들한테는 미안하지만 힘들어서 거절했어. 그날 이후로는 다른 친구들도 내가 우울해한다고 생각해서 배려해준 것 같아."

늦게 연락한 나만 유일하게, 아이러니하게도 첫 면회자가 되었다는 건가.

실제로 아파서 쉬고 있던 이치노세이긴 하지만, 지금까지 그녀의 경향을 생각하면 컨디션 관리에도 주의를 기울이는 타입이라는 건 깊이 생각해볼 것까지도 없다. 게다가 학년 말 시험이 다가오는 이런 타이밍에 질병은 원래라면 피하고 싶은 것. 정신적 타격, 면역력 저하로 걸린 감기로 봐도 틀림없으리라.

"나, 그런 소문 때문에 학교를 쉴 생각은 없으니까."

본인은 그 부분을 인정하지 않았지만.

"강하구나."

"강하다고 해야 하나…… 아, 미안. 문을 닫는 게 좋겠네. 일단 아까 환기는 시켰는데 추워서……. 돌아온 후에 깨끗이 손도 씻고 입도 헹궜어."

"그래."

방 안에는 공기가 건조해지는 것을 막기 위해 가습기가 켜져 있었다. 감기 바이러스는 온도가 낮고 건조한 환경에서 공기 중에 떠도는 양이 늘어난다. 그래서 습도를 높여 바이러스를 땅에 떨어뜨리기 쉬운 환경을 만드는 것이 우선되어야 한다. 그 부분을 무시했다간 감기가 오래 가거나, 혹은 방문한 사람들에게 감기를 옮겨버릴 가능성이 쑥 올라간다. 겨울철에 감기가 오래 가는 건 공기가 건조한 게 주된 원인이기도 하다.

그나저나 최근 들어서 내 방에 여자애가 찾아오거나 내가 여자애 방에 간 적이 많은데, 무엇 하나도 연애와 관련된 일이 아니라는 것도 참 신기하다.

"왜 그래……?"

가습기를 보고 있던 나를 이상하다는 눈빛으로 쳐다보는 이치노세.

"쉬고 있는데 미안."

"아니야, 괜찮아, 괜찮아. 사실은 만나지 않는 게 제일 안전하지만 말이지, 일단은 진짜 감기에 걸렸다는 걸 보여주는 게 좋은가 싶기도 해서."

꾀병을 둘러대고 쉬는 거 아닌가.

그런 억측이 난무하다는 것은 이치노세도 충분히 알고 있으리라.

증명하기라도 하듯 휴대폰을 보여주었다.

몇 번인가 호리키타와 대화를 나눈 흔적이 있었다.

그 녀석도 나름대로 계속 걱정한 것이다.

나는 길게 이야기하지 않고, 적당한 때를 봐서 돌아가기로 했다.

3

가시험 당일이 찾아왔다.

모든 반이 나름대로 시험에 대비해 집중해야 하는 아침.

교실은 공부 일색, 이 아니라 입을 여는 학생들로 넘쳤다. 그렇다고 단어 암기나 예습하는 목소리가 들리는 것도 아니었다. 전혀 상관없는 화제뿐.

"아주 소란스럽군."

"당연하잖아? 오늘 아침에 말도 안 되는 소문이 들렸으니까."

"말도 안 되는 소문? 이치노세랑 관련된 후속 정보인가?"

"아니. 우리 C반 내부를 혼란스럽게 만들기 위한 새로운 소문."

"새로운 소문……이란 말이지."

마구 술렁이는 교실 분위기를 보면 예사 소문은 아닌 게 분명했다.

"참고로 너도 관련이 없지 않아, 아야노코지."

그렇게 말한 호리키타가 휴대폰 화면을 내게 보여주었다. 메모장에 네 가지 소문이 적혀 있었다.

"이건 또 무슨——."

- 아야노코지 키요타카는 카루이자와 케이에게 호감이 있다
- 혼도 료타로는 비만인 여자애한테만 흥미 있다
- 시노하라 사츠키는 중학교 때 매춘을 했다
- 사토 마야는 오노데라 카야노를 싫어한다

소문의 내용, 그 경향은 비슷했는데 나를 포함한 네 사람의 이름이 대상으로 올라와 있었다.

"이거, 어디서 돈 정보지?"

"학교에서 만든 각 반 게시판이 있는 건 아니?"

"어플에 있는 거 말이지?"

잔액 조회를 등을 하려면 학교에서 만든 어플리케이션에 접속해야 하는데, 거기 보면 학생들이 자유롭게 이용할 수 있는 게시판이 있다. 다만 휴대폰에 다른 편리한 채팅 어플이 다양해서 99퍼센트는 이용하지 않는 곳이었다.

"잘도 찾았네. 최초 발견자는?"

"내가 교실에 왔을 때는 이미 쫙 퍼져 있었어. 이 중에 누군가가 어플에 들어갔다가 우연히 발견한 것 아닐까? 게시판은 글이 등록되면 표시가 뜨잖아."

게시판은 반뿐 아니라 잡담을 목적으로 하는 것도 많이 있다. 누구든 들어갈 수 있어서 다른 반이 이 소문을 볼 가능성도 다분했다.

"저번이랑 수법이 다른 게 마음에 걸리지 않아?"

"동일범이든 다른 사람이 했든, 소문을 퍼트리는 방법이야 무수히 많으니까. 수법이 다르다고 생각해봐야 별수 있어? 이렇게 글이 올라온 이상 숨길 수 있는 것도 아니고."

그런데, 하고 호리키타가 전제를 깔았다.

"혹시 몰라 물어보는데, 이거 사실이야?"

"아니야."

바로 부정했다.

"그리고 나랑 카루이자와가 나름대로 소통하는 사이라는 걸 아는 사람 자체가 별로 없어."

"짐작 가는 곳은?"

"없는 건 아니야."

나는 어제 하시모토와 만났던 것을 간추려 설명했다.

"이치노세의 소문을 퍼트린 게 하시모토일 가능성이 크다면, 너랑 카루이자와의 일을 퍼트렸어도 하나 이상할 게 없네."

"하지만 다른 애들에 대한 건 어떨까. 확인할 수 있는 방법은 한정적이야."

"그러게……."

이 소문의 진상을 직접 확인할 수 있는 학생은――.

"어이, 시노하라, 너 진짜 매춘 했어?!"

눈치 없는 야마우치가 웃으면서 소리쳤다.

"아, 안 했어!"

허둥지둥 자리에서 일어나 온몸으로 부정하는 시노하라. 그 얼굴에 창피함과 분노가 실려 있었다.

"그럼 증거를 대봐라."

"증거라니…… 어떻게 증명하라는 거얏!"

소문을 재미있어하는 사람이, 나중에 교실에 도착한 학생들에게 전달했다.

뭐, 어차피 시간문제이기는 하지만.

"네 말대로 거짓말이라면 여기 적혀 있는 내용 전부 거짓, 허풍이라는 거야?"

야마우치와 시노하라를 보면서 호리키타가 그렇게 물었다.

"글쎄…… 야마우치가 한 것처럼 지명 당한 학생 하나하나 다 확인하는 수밖에 없겠지."

하지만 정상적인 사람이라면 남이 감추고 싶어 하는 상처를 후벼 파는 짓을 하지 못한다.

"바보네! 누가 썼는지도 모르는 소문에 휩쓸리기나 하고!"

시노하라가 내용을 부정하면서 야마우치에게 화내는 것도

무리가 아니다.

이런 소문이 적혀 있는데 아무렇지 않으면 그게 더 놀랍다.

"하지만~ 왠지 여기 적혀 있는 것들 진짜 같지 않냐?"

"그만해라, 하루키."

야마우치의 거침없는 추궁에, 옆에 온 이케가 어깨를 붙잡고 강제로 말렸다.

"왜, 왜 그래! 늘 잘난 척하는 시노하라한테 복수할 수 있는 절호의 기회인데!"

"복수라니…… 이런 건 당연히 거짓말이잖아!"

"내가 알아? 저런 못난이가 의외로 나쁜 짓을 했을지?"

이케의 기분을 생각해보지도 않고 말을 줄줄 늘어놓는 야마우치.

"아아, 맞다. 이케 너, 시노하라를 좋아했지. 그래서 인정하고 싶지 않——."

"하루키!"

이케가 야마우치의 멱살을 붙잡았다.

"둘 다 그만해라."

상황을 보다 못한 스도가 힘으로 두 사람을 떼어놓았다. 그 직후 교실에 들어온 히라타가 곧 분위기를 감지하고 다가왔다. 그리고는 여학생에게 사정을 듣고 소문을 확인했다.

야마우치는 부정만 하는 시노하라에게서 타깃을 바꾸었다.

"그럼 혼도~, 너, 돼지 전문이라는 게 진짜냐?"

야마우치의 창끝이 이번에는 혼도를 향했다.

"아, 아니야! 아니라고! 전부 거짓말이야, 이런 소문! 그렇지, 아야노코지? 너도 카루이자와를 좋아한다니, 말이 안 되잖아!"

당연히 혼도도 소문을 부정했다. 그리고 상황을 모면하려는 듯 내게 도움을 청했다.

아이들의 시선이 단숨에 집중되었다. 다만 다행히도 케이 그룹은 아직 대부분 등교하지 않았다.

내가 고개를 끄덕이자, 그것 봐라? 하며 혼도가 야마우치에게 소리쳤다.

"쳇, 뭐야, 다 거짓말이냐?"

세 개의 소문을 세 사람 모두 부정해서 겨우 분위기가 수습되나 싶었을 때.

"하지만…… 사토가 오노데라를 안 좋아하는 건 사실이잖아?"

불쑥 마에조노가 그런 말을 흘렸다. 아직 오노데라가 교실에 없었기 때문에 무심코 입에서 나온 말이었는지도 모른다.

"야, 그, 그만해, 마에조노!"

사토가 당황하며 마에조노의 발언을 막으려고 했지만, 이미 늦었다.

"그러고 보니 사토가 오노데라랑 노는 모습을 본 적이 없네?"

"그, 그건——."

소문은 거짓, 그렇게 정리하기 힘든 상황으로 변하기

시작했다.

그러는 와중에, 스도는 이케와 야마우치가 멀리 떨어진 것을 확인하고 호리키타와 나를 향해 걸어왔다.

"아야노코지. 너 정말 카루이자와를 안 좋아하냐?"

스도가 그런 질문을 했다.

"어, 안 좋아해."

"흐음. 나야 진실이어도 딱히 상관은 없는데. 스즈네."

"왜."

"아니, 아까 너희끼리 하는 이야기를 들었거든. 나라도 괜찮으면 도와줄게."

"뭘?"

"나는 둔한 편이니까. 하루키처럼 대놓고 물어보러 돌아다닐 수 있거든?"

그렇게 제안해왔다.

이번 일, 이야기의 기점이라는 의미에서는 스도가 무기로 유용하게 쓰일지도 모르겠는데…….

아니 그나저나, 우리가 나눈 대화를 들었으면 내가 케이에 대해 부정하는 말도 들었을 텐데.

"스스로 남의 평가를 낮추는 행동은 하지 않을 것. 넌 가뜩이나 주변에서의 평가가 높지 않아. 지금은 조금이라도 좋은 평가를 받을 수 있도록 노력해야 하는 시기지. 야마우치는 경솔한 발언으로 반에서의 평가가 확 떨어진 것 같고…….'

원래 반에서 제일 비호감이었던 스도를 단숨에 제친 느낌이 있긴 하다.

무엇보다 제일 친하게 지냈던 이케가 야마우치에게 분노했다.

"그럴지도 모르겠지만…… 도움이 되고 싶어."

순간 스도는 나를 보았지만, 곧 시선을 피했다. 호리키타가 내게 이것저것 상의하려고 한다는 걸 느꼈겠지. 물론 단순히 자리가 옆이어서 말하기 쉬운 관계이기 때문이라는 건 알고 있겠지만.

"그럼 넌 야마우치가 폭주하지 않도록 잘 지켜봐. 좋은 소문이 하나라도 있었으면 이야기는 다르겠지만, 이번에는 전부 다 개인적으로 정말 사실이면 일이 성가셔질 소문뿐이야. 혼도도 정신적으로 상처 받았을 테니 잘 다독여줬으면 좋겠어. 할 수 있겠지?"

"……그래."

조금 아쉬워하는 듯한 스도였지만, 순순히 지시에 따랐다.

스도가 멀어지는 것을 확인하고 호리키타가 원래 하던 이야기를 다시 꺼냈다.

"아마 이것도 사카야나기가 벌인 짓이겠지. 이치노세만으로는 만족하지 못해서 우리 C반에도 똑같은 덫을 놓은 거야. 그것도 여러 명을 동시에. 학년말 시험을 앞두고 흔드는 것 같은데…… 어떻게 하는 게 좋을까?"

"어쩌고 자시고, 이 소문에 대처할 방법이 있다는 거야?

우리가 전면적으로 부정하면 할수록 주위에서는 진실인 거 아니냐며 멋대로 상상을 펼칠걸. 그렇다고 해서 인정하면 역시 그것 보라면서 계속 쑥덕대겠지. 내 소문은 그나마 나은 부류에 속하지만, 사람에 따라서는 거짓인데 진짜라고 오해받을 때 받는 타격이 상당히 클 거다."

"……그러네. 그럴지도 모르겠어."

자신을 대입해본 것인지 호리키타도 혼도와 시노하라를 바라보며 알겠다는 듯 고개를 끄덕였다.

"하지만 어떤 의미에서 이건 반칙이야. 이런 것에 저항할 방법이 있어?"

"글쎄 어떨까."

"너한테 불똥이 튀었는데도 어디까지나 조용히 지켜보기만 할 셈이니?"

"불똥까지도 아니야. 뭐, 카루이자와의 입장에서는 틀림없는 불똥이겠지만 말이지."

"그러니까 아무렇지도 않다고?"

"그래, 아무렇지도 않아."

그냥 내가 당황해서 허둥거리는 모습을 보고 싶었는지도 모르겠다.

조금 아쉬워하는 것 같은, 보기 드문 호리키타의 표정을 볼 수 있었다.

"그래도 반대가 아니어서 다행이네."

반대. 만약 반대였다면. 케이가 나를 좋아한다고 소문났다면, 하는 이야기다. 히라타와 헤어진 직후, 다른 남자를 좋아한다는 소문이 퍼진다면. 온갖 억측이 난무하겠지.

설령 사실이 아니라도 누군가는 사실이라고 믿을 것이다. 거짓 또한 진실.

"하지만—— 언제까지고 너처럼 가만히 지켜볼 수는 없어."

"그렇겠지."

가만히 내버려둬도 이렇게 시끄럽다면 소문이 점점 번져 갈 것은 불 보듯 뻔하다.

야마우치는 다시 시노하라와 사토에게 말을 걸려고 했지만, 히라타가 그를 막았다.

"야마우치. 게시판에 올라왔다고 해서 꼭 진실이라고 할 수는 없어. 적어도 친구끼리 상처 주는 건 잘못된 행동 아닐까."

"하지만 이치노세의 소문처럼 이미 다 알고 있는 거 아니야? 그럼 우리가 입 다물고 있어 봐야 똑같잖아?"

"꼭 그렇다고 할 수 없어. 적어도 아직까지는 모르는 일이야. 그러니까 지금 할 수 있는 일은 이런 게시판 글에 현혹되지 않고 행동하는 거라고 생각해."

히라타의 말에 남학생과 여학생들이 맞장구치는 소리가 거세게 터져 나왔다. 물론 그것으로 만사가 해결된다고 볼 수는 없겠지만, 적어도 임시로 뚜껑을 덮는 데에는 성공했다.

그때 호리키타의 휴대폰에 한 통의 메시지가 도착했다.

"칸자키야."

그렇게 말하며 메시지를 읽는 호리키타.

"아무래도 이치노세는 오늘도 쉴 모양이네."

가시험 당일. 컨디션이 조금 나쁘더라도 자신의 실력 확인을 겸해 꼭 치렀으면 하는 시험. 게다가 이치노세는 반의 리더. 친구들을 견인하는 역할을 맡고 있다. 뭐, 어제 상태를 생각해보면 오늘 나오지 못해도 무리는 아닌가.

"그리고 또 하나…… B반 게시판에도 소문 글이 올라갔다고 해."

"그렇다는 건, 그쪽도 우리 게시판 글을 알아차렸다는 거겠네."

"그렇겠지."

호리키타가 서둘러 어플에 들어가 B반 게시판을 확인했다. 그러자 그곳에도 네 사람의 이름 그리고 C반과 비슷한 소문이 올라와 있었다. D반 게시판도 마찬가지였다.

"아주 정성스럽게 A반 소문만 안 올렸네. 방과 후에 시간 좀 내줄래? 그 애에 대해서도 자세히 알아두고 싶고, 이 게시판에 대해서 어떻게 대응할지도 좀 의논했으면 좋겠어."

"그래."

나는 호리키타의 요청을 받아들였다.

"우선 지금은 가시험에 집중하자. 학년말 시험의 난이도도 확인하고, 반의 상황을 파악할 수 있는 귀중한 기회니까."

하지만 소문의 대상이 아닌 호리키타와 달리, 주인공은 그럴 수 없었다.

케이 그리고 케이와 친한 여자애들이 등교하자 모여서 귓속말하기 시작했다.

그러면서 내 모습을 살폈다. 마치 오물이라도 보는 듯한 눈빛으로.

무슨 말을 하는지 직접 듣지 않아도 알 것 같다.

'아야노코지가 카루이자와를 좋아한다나 봐?'

'응? 어떻게 생각해? 응? 카루이자와.'

그런 대화가 펼쳐지고 있다. 그리고 케이는 틀림없이 '기분 더럽네'라든가 '최악이야' 같은 단어를 나열하고 있겠지.

"괜찮, 은 거지?"

"……좀 힘든 것 같기도 하고."

더 쳐다보면 그런 말이 직접 들릴 것만 같아서 그만 보기로 했다.

문제는 나 이외에 지명당한 소문의 당사자들이리라.

4

반에 어색한 분위기를 남긴 채, 가시험이 시작되었다.

학년말 실험에 대비한 소중한 시간.

그 가시험의 내용은 지금까지 치른 시험과 비교해도 난도가 높았다. 고난도다.

다만 지금까지 시험을 착실하게 치러온 학생이라면 당황

하지 않고 풀 수 있는 내용인 것도 분명했다. 반대로 그동안 아슬아슬한 줄타기를 해왔다면 이번 가시험을 기점으로 맹렬히 공부해야 하리라.

아야노코지 그룹에서 스터디를 하자고 했지만, 오늘은 호리키타와 약속이 있었기 때문에 먼저 시작하라고 연락해두었다. 칸자키는 눈에 띄는 것이 싫었는지, 가시험이 끝나고 방과 후에 케야키 몰에서 만나기로 했다.

호리키타의 안내를 받듯 나는 칸자키가 있는 곳으로 향했다. 케야키 몰의 남쪽 입구 근처.

이곳은 학교에서 가장 먼 위치여서 학생들이 웬만하면 오지 않는다.

반 싸움에는 흥미 없지만 그래도 친구로서는 걱정하지 않을 수 없다.

정보를 들어둬서 나쁠 건 없겠지.

그리고 요즘 하시모토의 마크가 계속되고 있어서이기도 하다.

내가 B반과 접촉하면 필연적으로 A반의 그림자가 다가오게 될 것이다.

그건 나로서는 바라던 전개다.

실제로 하시모토는 내게 적절한 거리를 유지하며 여기까지 뒤를 밟았다.

"이틀 연속으로 쉬네. 심지어 이치노세 본인과는 연락이 안 되지?"

"답이 느려서 그렇지 반응이 없는 건 아니야. 감기에 걸려서 아프다는 이야기만 들었어."

최근 들어 칸자키는 날카로운 긴장 상태에서 벗어나지 못하고 있는 모양이었다. 이치노세가 너무 신경 쓰지 말라고 계속 말했어도 도저히 가만히 있을 수 없겠지.

실제로 아픈 것도 한 가지 원인이겠지만 이치노세는 지금 반 친구들을 대면하는 것에 소극적이었다. 소문에 대한 언급을 꺼리고 있다.

"담임은 뭐래?"

"비슷하지. 감기에 걸려서 쉬는 거라고만 대답해주셔."

담임도 이치노세로부터 똑같은 보고를 받았겠지.

칸자키의 표정이 어두운 것은 이치노세가 쉬는 이유가 정말 감기 때문인지 의문스럽게 여기고 있어서였다. 최근 들어 이치노세는 소문의 소용돌이 속에 계속 있었다. 그것이 원인이 아닐까 생각하고 있다.

"병문안은? 직접 만나면 확실해질 것 같은데."

"반 여자애들 몇 명이 찾아간 모양인데, 직접 보지는 못한 것 같더라."

상황이 좋지 않다는 것을 깨닫고 호리키타도 깊이 생각에 잠겼다.

"그나마 다행인 건 그 애가 학력 면에서 우수하다는 부분이야. 가시험을 치르지 않아도 아마 별 지장 없겠지."

이치노세처럼 아픈 학생은 나중에 문제지를 따로 받을 수 있고, 다른 학생들이 답을 알려주는 것도 가능하다.

"그 점은 걱정하지 않아. 마음에 걸리는 건 이치노세의 정신적인 부분뿐이야."

호리키타와 칸자키.

대책을 세워야 한다고 생각하고 있는데, 복수의 그림자가 다가왔다.

아무래도 하시모토가 이 밀회를 보고한 모양이군.

"이치노세는 오늘도 학교를 쉬나 봐? 다음 주 말에는 학년말 시험. 혹시 그날까지 쭉 쉬게 된다면…… 힘들어질지도 모르겠네."

"……사카야나기."

우리 앞이라기보다는 B반 칸자키 앞에 선 사카야나기 무리. 카무로와 하시모토도 보였다. 그리고 키토라는 이름의 남학생도 동행했다.

사카야나기 파벌, 그 주요 멤버인 건가.

"C반 애들과 무슨 이야기 중이었지?"

"너랑은 상관없는 것 같은데."

"환영받지 못하는 모양이네, 우리."

"환영받고 싶거든 이상한 소문을 퍼트리는 짓 좀 하지 마라. 만회하기 힘들어지기 전에."

사카야나기는 자기 반 아이들과 마주 보며 킥킥 웃었다.

"무슨 소리인지?"

"아무리 소문을 퍼트려도 B반의 결속은 흔들리지 않아."

"너희가 어떤 상황에 놓여 있는지는 모르겠지만, 기대하고 있을게."

어디까지나 직접 상황을 보러온 것뿐. 그런데 효과만점이었다고 판단한 모양이다.

"신경 쓰지 마, 칸자키. 전부 사카야나기의 작전이야."

"알아."

이치노세가 친구를 생각하는 마음이 강하고 조심스러운 성격이어서 칸자키가 괴로움을 겪는 딜레마가 일어나고 있었다.

5

학교가 끝나도 소문은 멈출 줄 모르고 퍼졌다.

"자, 자자자잠깐! 어떻게 된 일이야, 키요타카!"

기숙사로 돌아와 쉬고 있는데 케이로부터 전화가 걸려왔다.

"어떻게 된 일이냐니, 뭐가?"

알고 있었지만 일단 되물어보았다.

"뭐가? 가 아니잖아! 키요타카가, 그, 그러니까, 날 좋아한다는 소문이 돌아다니는데?!"

"그냥 소문이야, 신경 쓸 거 없어."

"아, 아니아니아니, 소문이라고 해서 신경 안 쓸 수는 없다고나 할까, 왜 그런 소문이 나게 된 거야?!"

귓구멍이 따가울 정도로 목소리가 커서 일단 휴대폰에서 귀를 뗐다.

그리고 손가락 끝으로 버튼을 눌러 음량을 낮추었다.

"어쩌면 하시모토가 흘린 소문일지도 몰라. 아니면 또 목격한 학생이 있었던가."

"뭐어어어~~~~~~?!"

작게 비명을 내지르는 케이.

"뭐, 다행 아니야? 그 반대였으면 큰일이었을 텐데."

"바, 반대?"

"케이가 나를 좋아한다는 소문이 훨씬 성가시잖아. 히라타와 헤어진 직후니까, 이상한 억측이 나보다 훨씬 더 많을 거라고 생각하는데."

"……그, 그럴지도 모르겠지만……."

"안심해. 소문 따위는 금방 풍화되어 사라질 거다."

"정말로오?"

"그래도 그 소문 덕분에 앞으로는 만나기 쉬워졌다고도 할 수 있어. 내가 너한테 말을 걸어도, 그런가 보다 하고 말겠지."

만사 생각하기 나름인 법이다.

눈에 띄는 곳에서 만날 생각은 없지만, 아무튼 그럴 때의 보험이 될 수 있다.

"아니아니아니아니아니아니."

이번에는 아까보다 더 길게 '아니'를 반복했다.

"둘이 있으면 엄청 이상한 눈으로 볼 거란 말이야! 분명히 볼 거란 말이야!"

두 번씩 말하는 게 유행인가, 정말 이상한 말투다.

내 뒤를 밟는 하시모토에게도 간접적으로 그런 정보를 심을 수 있다.

"아무튼 신경 쓰지 마."

"신경 쓰지 말라고 말해도⋯⋯⋯⋯⋯ 역시 무리라고!"

긴 침묵 후에, 아무리 생각해도 힘들다고 판단한 모양이다.

투덜거리며 얼마간 말을 늘어놓는 케이였지만, 이윽고 포기한 듯 통화를 끊었다.

6

눈이 핑핑 돌기 시작한 전개.

특별시험도 없고 학년말, 2월 하순에 치를 필기시험에만 집중하고 싶은 이런 시기에 파란이 일어날 조짐이다. 가시험이 끝나고 사흘이 지난 2월 18일 금요일.

학교에서 조금 떨어진 장소에 B반을 제외한 세 반 학생들이 모였다.

새로운 소문을 절체절명의 순간에 막으려던 히라타의 움직임도 있었지만, 그 노력도 허무하게 소문은 순식간에 일

파만파로 퍼졌다.

유일하게 게시판에 글이 올라오지 않은 A반도 이미 다른 반의 정보를 쥐고 있었다.

"요, 이시자키. 이야기를 하고 싶다니, 도대체 무슨 용건 이냐?"

A반 하시모토는 평소와 다름없는 모습으로 이시자키에게 물었다.

"무슨 용건은, 하시모토. 너, 키토까지 데리고 와서 뭘 어 쩔 셈이야. 너 혼자 오라고 말했을 텐데."

"너야말로 알베르트를 데리고 왔잖아. 경계해서 말이야."

아슬아슬한 공기가 흘렀다.

바로 얼마 전 합숙 때 함께 생활했다고는 생각하기 힘든 상황이지만, 무리도 아니다.

"오늘은 대화를 하러 온 거야. 그렇지? 이시자키."

D반은 이시자키와 알베르트 이외에 히요리와 이부키도 있었다.

"상대가 거칠게만 굴지 않으면 괜찮겠지."

"하지만……."

히요리가 걱정스러워하는 것도 무리가 아니다.

이런 멤버인데 아무 일도 없으리라고는 도저히 생각하기 힘드니까 말이다.

"그런데 뭐야, 이 녀석들은. 우리 말고도 불러내다니."

하시모토가 우리를 보면서 황당하다는 투로 한숨을 푹 쉬

었다.

"나도 몰라. 네가 부른 거 아니야?"

D반도 A반도, 우리 C반의 존재에 위화감을 느끼고 있었다.

"네 말이 맞았네, 아야노코지."

그렇게 말한 것은 옆에 서 있는 아키토를 포함한 아야노코지 그룹.

스터디를 하려고 카페에 모일 예정이던 멤버들이다.

"얼마 전에 칸자키랑 하시모토가 다투던 날이 떠올랐어. 『어쩌다』그 녀석들이 학교 부지에서 멀어지는 걸 보고 혹시나…… 해서."

내가 불온한 공기를 감지하고 아키토에게 알리자 곧 합류했다.

다만, 예상 밖이었던 건 하루카와 아이리, 케세이까지 함께였다는 점이다.

"저번에 비해 모인 녀석들도 녀석들인 만큼 진짜 무슨 일이 벌어질지도……."

"아, 진짜. 왜 이런 험악한 상황만 이어지는 거야?"

자꾸 이런 장면을 맞닥뜨리자, 하루카가 어이없다는 듯 말했다.

"뭐, 좋아. 누가 불렀든 상관없어. 그럼 용건을 들어볼까, 시이나짱."

"예의 소문에 관해서야. 그거, 너희 A반이 흘린 소문이지?"

이시자키에게 맡기면 시비조로 나올 거라 판단했는지, 히요리가 입을 열었다.

"야, 왜 우리한테 그런 걸 묻는데?"

"이런──!"

"나한테 맡겨줘, 이시자키."

욱하며 입을 여는 이시자키를 히요리가 부드럽게 말렸다.

"이치노세의 소문을 퍼트리는 장면을 칸자키가 목격했다고 증언한 이야기를 들었어."

"그 녀석도 참 입이 싸네. 아니면 거기 있는 두 사람한테 들었나?"

칸자키와 하시모토의 대화를 들었던 나와 아키토를 가리켰다.

"대답해, 하시모토."

히요리는 우리에게 눈길도 주지 않고 하시모토를 추궁했다.

"……뭐, 거기 있는 아야노코지랑 미야케는 알고 있으니까 솔직하게 말하는데, 난 어딘가에서 들은 이치노세에 대한 소문을 그냥 흥미 차원에서 또 다른 곳으로 전달했을 뿐이야."

하시모토는 당연히 그 사실을 인정하지 않았다.

"변명도 참 잘한다. 그런 게 아직 통할 거라고 생각하냐?"

"변명? 사실이야. 뭐, 재미로 퍼트린 게 나쁘다면 나쁜 거지만. 그래도 참 묘하군. 아무 상관도 없는 D반이 여기 와서 참견하다니."

쾌활하면서도 예리한 눈빛을 보이며 하시모토가 계속해

서 말을 이었다.

"혹시…… 그 소문을 처음 퍼트린 거, 너희 D반 아니야?"

"수작부리지 마라. 사카야나기 짓이라는 건 이미 다 알고 있으니까!"

"단정 짓지 마. 물론 우리 리더가 호전적인 건 사실이야. 이치노세한테도 무심코 도발적인 발언을 한 적도 있고. 그걸 너무 깊이 생각해서, 소문의 근원이라고 단정 짓고 싶은 마음도 알겠지만. 아무 상관없다고. 실제로 증거가 없잖아?"

하시모토의 말을 듣고 욱하는 이시자키. 하지만 그 말도 틀리지 않았다. 우편함에 들어 있던 편지도, 게시판에 올라온 소문도, 아직 사카야나기의 짓이라는 확증이 없다. 십중팔구 그렇다는 걸 알아도, 말이다.

"오늘은 그걸 추궁하기 위한 자리라는 건가. 그나저나 몰랐네. 너희 D반이 이치노세 편을 들 줄은."

무섭게 노려보는 이시자키 무리에게 하시모토가 알겠다는 듯 한숨을 내쉬었다.

"모른 척 얼버무려도 소용없어. 너희, 이치노세뿐 아니라 우리에 대한 소문까지 마구 퍼트리기나 하고."

"그렇군. 역시 그건가. 사실은 이치노세 따위 어떻게 되든 상관없잖아? 그게 아니라 너희 D반의 있는 일 없는 일을 퍼트린 게 마음에 안 들어서 그러는 거지? '초등학생한테 몹쓸 장난을 쳐서 소년원에 들어간 적 있다'며? 이시자키."

그렇게 부추긴 순간, 이시자키가 열 받은 것을 알 수 있었다.

당황한 히요리는 당장이라도 튀어나갈 것 같은 이시자키의 팔을 붙잡아 말렸다.

'초등학생한테 몹쓸 장난을 쳐서 소년원에 들어간 적 있다'라는 건 게시판에 올라온 '소문' 중 하나.

이런 소문이 나도는데 이시자키가 화내지 않고 견딜 수 있을 리 없다.

이런 상황이 일어나는 것은 필연.

하시모토는 물러서지 않고 계속 말을 이었다.

"잘도 그런 소문을 늘어놓았네. 이치노세 것만이 아니라, 어떻게 해서 여러 녀석들의 소문을 다 알아냈는지 알려주라."

"까불지 마라, 하시모토!"

"하지 마, 이시자키!"

히요리로는 무리라고 생각한 아키토가 허둥지둥 이시자키를 막았다.

"말리지 마라, 미야케! A반이 이대로 계속 까불게 놔둘 거야?! 날려버리겠어!"

"관둬라, 이시자키. 그럼 다치는 건 너희일걸? 싸움에 자신이 있나 본데, 우리 쪽도 좀 하거든?"

키토가 조용히 한 발자국 앞으로 나와 이시자키와 알베르트를 향해 주먹을 불끈 쥐어 보였다.

상황에 따라서는 지금 당장이라도 상대해주겠다는 모습.

"둘 다 그만둬. 이 학교가 주먹다짐에 엄격한 거 잘 알잖아?"

멀찌감치 선 아키토가 진정시키려고 입을 열었다.

"예전까지는 그랬지."

"예전까지는?"

"이번 학생회장은 사소한 다툼은 관대하게 봐주는 모양이던데~?"

하시모토가 거리를 좁히더니 이시자키를 향해 오른발을 뻗었다. 그것을 미야케가 왼팔로 막았다.

"윽…… 하, 진짜냐. 뭐든지 다 되네, 그 학생회장."

하시모토의 말 하나만 가지고는 정말 '싸움 금지 해제'라고 할 수 없다.

그래서 먼저 선수 쳐 그것을 증명해 보였다.

"좀 하네, 미야케. 도의적으로 싸움을 말리려고 나서다니."

하시모토가 물러나 다시 거리를 벌렸다.

아까보다 더욱 아슬아슬한 분위기가 이 자리를 지배했다.

"싸우면 안 돼."

"나도 알아. 난 싸우려고 여기 온 게 아니야. 방금 그건 나한테도 나를 지킬 힘이 있다는 걸 증명하기 위해서였어."

"……믿어도 되겠지?"

히요리의 눈을 보며 고개를 끄덕인 하시모토였지만 아무도 믿지 않았다.

"이제 됐잖아, 히요리. 이 녀석들은 아무렇지도 않게 거짓말을 해. 아무리 생각해도 소문을 퍼트린 건 A반이야. 그 증거로 A반 애들만 소문이 안 돌잖아."

"그건…… 그래서 오히려 범인이 아닐 가능성도 있는 것 아니야?"

"시이나 말이 맞다. 만약 우리가 소문을 퍼트렸다면 의심받지 않게 A반 게시판에도 대충 거짓말로 지어서 올리지 않았을까?"

"글쎄 과연? 이치노세의 소문을 퍼트린 사건도 사카야나기가 한 짓이라는 걸 A반 애들 모두가 아는 건 아닐 텐데. 그런 상태에서 A반에 소문을 퍼트리면 당연히 혼란이 생기겠지."

아키토의 지적에 하시모토가 한숨을 내쉬었다.

"그런 추리도 말은 되지만. 악마의 증명이군, 이거."

몹시 의심스럽지만 증거가 없다. 결백을 증명하기도 곤란하다.

"그런 녀석들한테는 주먹으로 직접 진실을 토해내게 할 수밖에."

"야, 하지 마, 이부키. 우리가 싸워서 얻을 이익이 없어."

"저쪽이 먼저 싸움을 거는데도 가만히 있으라니, 기회주의네."

"우리는 아무 관계없어. 믿어줘."

그렇게 말하며 하시모토가 웃었지만 이부키는 웃지 않았다.

오히려 분노를 겨우 참느라 애쓰는 모습이었다.

이부키 역시 이시자키와 마찬가지로 온갖 '거짓 소문'이 떠돌고 있었다.

"너, 류엔……이 리더를 그만뒀다고 해서 우리를 얕보는 거야?"

이시자키가 참는 데 한계에 도달했는지 미야케를 밀치며 앞으로 나왔다.

그를 뒤따르듯 이부키도 하시모토와 키토 앞을 가로막았다.

"아니아니, 진짜 이러지 말자고."

"이치노세의 소문, 그리고 우리에 관한 소문. 둘 다 사카야나기의 사과를 받아야겠어."

"착각이라니까. 우리가 퍼트린 게 아니라고."

"웃기고 있네!"

이시자키가 난간을 힘껏 발로 찼다.

더는 수습할 수 없는 상황임을 하시모토도 점점 이해했다.

"……그럼, 어쩔 건데?"

"당연한 거 아냐? 힘으로 그 입을 다물게 해줄 테다."

"정말로 할 셈이냐?"

"그래. 그게 싫으면 지금 당장 소문을 취소해라."

"몇 번이나 말하지만 우리가 소문을 퍼트린 게 아니라고."

그렇게 말해도 그 말이 쉽게 통하지 않으리라는 건 하시모토도 잘 알았다.

사카야나기가 이치노세에게 선전포고를 한 것도 있어서, 전혀 무관하다는 증명을 하기 어렵다.

하시모토가 입꼬리를 살짝 올렸다.

"웃지 마라."

"미안, 미안. 너무 이해가 안 되니까."

소문의 출처가 사카야나기라는 것을 인정하지 않는 이상, 이시자키의 요구를 거절할 수밖에 없다.

"그럼 사카야나기와 직접 이야기하도록 하지."

"네가? 관둬라."

상대해줄 리 없다며 하시모토가 손을 흔들었다.

그것을 알고 있기에 이시자키도 하시모토에게 말한 것이리라.

"키토, 아무래도 나서야 할 것 같다."

분위기를 읽은 하시모토가 대화로는 끝나지 않을 것임을 예감했다.

키토는 이미 마음의 준비를 끝냈는지 천천히 자세를 잡았다. 그 직후.

"하아앗!"

이시자키가 키토에게 태클을 걸듯 파고들었다.

그리고 바로 옆에서 이부키가 달려 나가며 발차기를 날렸다. 당황한 하시모토가 몸을 피했다.

"위험해!"

기세 좋게 몸을 날린 이부키의 옷 주머니에서 휴대폰과 학생증이 떨어졌다.

상상 이상으로 빠르고 강하다는 것을 이해한 하시모토는 경의를 표하기 전에 위기감부터 표했다.

"이부키도 싸움을 많이 해봤다고 했지…… 깜박했다."

"너희들, 그만두라니까!"

아키토가 근처에 떨어진 휴대폰을 주우며 소리쳤다.

하지만 D반은 멈출 기색이 없었다.

휴대폰이 망가지든 말든 상관하지 않는군.

나도 발 근처에 떨어진 이부키의 학생증에 손을 뻗었다.

문득 내려다본 그 학생증.

그곳에는 당연히 미소도 없고 딱딱한 표정인 이부키가 무뚝뚝하게 찍혀 있을 뿐.

그런데——

나는 '어느 한 부분'을 보고 알아차렸다.

"어떻게 된 거지……?"

"뭐가?"

옆에서 내 중얼거림을 들은 케세이가 물었지만, 나는 바로 고개를 가로저었다.

그리고 일단 방해가 되는 이부키의 학생증을 주머니에 넣었다.

"아니, 아무것도 아니야. 그것보다도 싸움을 말려야 할 것 같은데."

"말리다니…… 어떻게?"

이미 2대2 구도가 형성되어서 제2라운드가 시작되려 하고 있었다.

"그래. 하지 마."

"위험해, 키요타카 군……."

하루카와 아이리도 나서지 말라고 말했다.

"……그래. 아키토한테 맡기는 게 현명하려나."

그 아키토는 다음 충돌을 막기 위해 두 무리 사이에 끼어들고 있었다.

"방해하지 마라, 미야케!"

힘으로 밀어붙이려 하는 이시자키였는데, 아키토가 그의 손을 움켜쥐고 억지로 밀어 넘어뜨렸다.

"이 자식이, 이거 놔!"

"미안하다, 이시자키. 난 너 같은 타입을 싫어하지 않지만 말이지."

"방해하지 마!"

이부키가 아키토의 머리를 노리고 발차기를 날렸다.

허둥지둥 이시자키에게서 떨어진 아키토는 간발의 차로 발차기를 피했지만, 자세가 무너졌다.

그런 아키토를 알베르트가 큼직한 손으로 붙잡았다.

"누르고 있어, 알베르트."

"윽……."

괴력의 소유자 알베르트가 위에서 짓누르자 아키토도 저항할 수 없었다.

D반으로서는 2대2 구도만 갖추면 지지 않는다는 판단.

"이부키!"

이시자키의 외침. 그와 동시에 이부키의 목덜미를 노리는 키토의 손.

"얕보지 말라고!"

그 손에 재빠르게 반응한 이부키가 키토의 손을 발로 차 뿌리쳤다.

"진짜로 싸움이 시작되어버렸잖아⋯⋯ 어떻게 해?"

말리지도 못하고 가만히 지켜만 보는 우리 네 사람.

"시작된 건 어쩔 수 없는데, C반이 있으면 방해만 돼⋯⋯."

몸을 일으킨 이시자키를 주시하면서 하시모토가 우리 쪽 도 쳐다보았다.

"여기 온 건 우연이지만 하고 싶은 말이 있어. 이시자키 무리랑 마찬가지로 우리 반⋯⋯ 아야노코지도 소문의 타깃 이 되어서 엄청 화난다고."

케세이가 그렇게 호소하자 아이리가 옆에서 고개를 마구 끄덕였다.

"핫, 그러고 보니 그랬지. 카루이자와를 좋아한다는 깜찍 한 소문이 났잖아?"

"하, 하나도 안 깜찍해!"

조용한 아이리가 웬일로 소리 높여 반론했다.

나도 뒤따르듯 하시모토에게 말했다.

"이런 말은 하고 싶지 않은데, 나도 널 의심하고 있어, 하 시모토."

"⋯⋯그렇겠지. 저번에 너랑 카루이자와의 밀회를 본 건 나뿐일 테니까."

"미, 밀회?"

휘익 하고 아이리, 뿐 아니라 하루카도 나를 쳐다보았다.

"그런 이상한 거 절대 아니야."

"정말? 하, 하지만 키요타카 군, 요즘 들어서 카루이자와 랑 좀 친하게 지내는 느낌이던데……."

나를 유심히 관찰하는 아이리라면 그 정도는 알겠지.

하지만 이 대화가 하시모토의 귀에 들어가는 것은 무척 중요하다.

나와 케이의 관계에 대해 아는 사람은 이미 알고 있다는 것을 알려줄 필요가 있다. 중개자로 초콜릿을 전달하는 역 할을 맡은 건 나름대로 친밀한 사이여야 한다는 대전제가 깔려 있어야 하니까.

반 친구가 나와 케이의 관계를 어떻게 이해하고 있는지 일부러 보여주기 위한 행동.

하시모토는 우수하기 때문에 스스로 가능성을 닫아버리고 만다.

나를 주목하고 있으면서도, 무관한 사람일지 모른다는 증 언을 끌어내버린다.

결과적으로 나를 향한 의심이 옅어져 간다.

"지금은 내가 네 상대잖아, 하시모토!"

"아 진짜…… 귀찮게 되어버렸네."

"더는 싸우지 마, 이시자키! 적어도 난 허락 못 해."

히요리가 이시자키에게 강한 어조로 말했다.

이시자키는 그 말을 무시하지 못하고 난처한 듯 뒤돌아보았다.

"하, 하지만!"

"설령 여기서 하시모토 무리한테 이겨서 억지로 자백을 받아낸다고 해도 증거가 될 수 없어. 제일 중요한 사카야나기는 분명 하나도 인정하지 않을 거니까. 인정하지 않았다, 오늘은 그 사실만으로 되지 않아?"

"나랑 이부키 둘 다 울며 겨자 먹기로 참으라는 소리냐?"

"엄하게 말하는 것 같지만, 그래. 지금은 참아줘."

"네가 우리를 데려왔잖아. 그런데도 참으라니, 이상한 이야기 아니냐?"

"반드시 되갚아줄 거야."

그런 대화를 듣고 하시모토가 몹시 흥미롭다는 듯 휘파람을 불었다.

"이 자리를 세팅한 게 이시자키가 아니라 시이나였다는 건가."

"알베르트도 이제 그만 놔줘."

그렇게 지시하자 알베르트가 천천히 구속을 풀었다.

"C반한테도 미안, 소란 피워서."

히요리가 그렇게 말하며 깊이 고개를 숙였다.

"이렇게 끝내자는 것도 참 일방적인 얘기군. 우리는 가만히 의심 받고 맞기만 하면 되냐?"

"용서해줄 수 없을까?"

하시모토의 말을 정면으로 받은 히요리. 하시모토도 더 물고 늘어져봐야 얻을 것이 없다는 사실을 잘 알고 있을 터다.

"뭐, 다친 것도 아니니까. 이번에는 이걸로 끝낼까, 키토. 하지만 앞으로 우리를 함부로 의심하는 짓은 그만둬라. 의심할 거면 확실한 증거를 가지고 오라고."

대난투극이 벌어지기 전에 겨우 사태 수습에 성공했지만, 이렇게 해서 A반과 다른 반의 관계의 골은 회복 불가능한 수준에 이르게 되었다.

7

그날 밤. 나는 호리키타 마나부에게 전화를 걸었다.

"네가 먼저 나한테 전화하는 날도 다 있군."

"한 가지 물어보고 싶은 게 있어."

"뭔데."

나는 어느 두 사람의 학생증을 보고 깨달은 점을 알렸다.

"네 착각, 인 건 아니겠지."

처음 듣는 이야기인지 놀라는 반응이 돌아왔다.

"그렇게 말한다는 건, 학생회…… 아니, 전례가 없다는 얘긴가."

"맞아. 단순한 착오가 아닌 경우를 제외하면, 말이지만."

물론 착오일 가능성을 배제할 수는 없다.

하지만 이런 착오가 벌써부터 일어날 수는 없다는 것 또한 분명하다.

"이 학교도 당연히 매년 달라지고 진화하려 하고 있어. 그 『사상』에도 의미가 있을 거야. 아마 누구보다 먼저 알아차린 너한테는 언젠가 도움이 될지도 모르지."

그런 날이 와도 될 수 있으면 도움이 필요한 일이 없기를 바란다.

"너희 1학년은 아마 다음 한 번을 마지막으로 1학년 특별 시험이 끝나겠지."

1학년'은'이라는 건, 우리와 사정이 다르다는 뜻인가.

"이건 어디까지나 지난해까지의 이야기이지 확실한 건 아니지만, 지금까지 해왔던 대로라면 3학년은 앞으로 두 번 이상, 특별시험을 치를 기회가 남아 있어."

"네 입장에서는 재난의 연속이겠군."

나구모가 이끄는 2학년 전체가 3학년 B반을 뒤에서 밀어준다면 결코 안전권이라고 말할 수 없으리라.

"예단할 수 없는 상황인 건 확실하지만, 네가 마음 쓸 건 없어."

과연 전 학생회장, 궁지에 몰린 상황이라고 여기지 않는 모양이다. 지금 상황을 타개하고 싸워나갈 수 있는 힘을 가지고 있다. 그런 자부심이 느껴졌다.

타치바나 아카네가 표적이 되었듯, 나구모는 쓰러트릴 수 있는 부분부터 노린다.

"지금 걱정해야 할 건 1학년 전체야."

"학생회가 백업해주면 나름 은폐도 가능할 것 같으니."

"아아, 가능하지. 물론 너무 심하게 나가면 학교 측의 신뢰를 잃고 강제 해산될 수도 있어. 하지만 나구모니까 알아서 잘 처신하겠지. 쿠시다 쪽은 문제없나?"

"그거라면 잘 정리했어."

"이번 이치노세 공략 사건, 뒤에서 움직이고 있는 것 같군."

"다시 연락할게."

나는 질문을 모두 끝내고 전화를 끊었다.

8

그리고 순식간에 며칠이 흘렀다.

그 사이 소용돌이의 중심에 있는 이치노세는 단 한 번도 학교에 얼굴을 내비치지 않고 계속 쉬었다.

하지만 학년말 시험까지 드디어 하루만을 남긴 2월 24일.

마침내 이치노세는 학교에 모습을 드러냈다. 직접 본 건 아니지만 일주일 넘게 학교를 쉬었던 이치노세의 동향은 많은 이가 항상 주목하고 있었다. 그래서 정보는 금방 퍼져나갔다.

그렇다고는 하나 어디까지나 그것은 B반에 중요한 일이지, C반에게는 내일로 다가온 학년말 시험이 훨씬 중요했다.

"좋았어. 아야노코지도, 아키토도, 하루카도, 아이리도. 모두 빈틈없어."

점심시간, 우리는 수업이 시작되기 전에 케세이의 책상 주변에 모였다.

케세이가 만들어 준 모의시험 점검, 그 답을 확인하기 위해서였다.

우리의 실력을 점검하기 위해, 간밤에 자발적으로 준비한 문제들.

"우와, 키요뽕 90점이라니 대단해."

샌드위치를 먹으며 하루카가 놀라서 말했다.

"케세이가 만들어준 테스트가 완벽해서 그래. 너도 점수 비슷하잖아?"

점수가 고르지는 않았지만 세 사람 모두 대략 80점 전후였다.

"가시험이랑 내가 만든 모의시험. 둘 다 이만큼 풀 수 있으면 시험도 문제없어."

"케세이가 인정해줬으니까 시험도 거뜬히 통과하겠다."

아키토도 이번에는 단단히 마음먹고 임했는지, 뭉친 어깨를 풀었다.

"정말 고마워, 케세이 군. 나, 시험 같은 거 매번 불안했거든……."

"아니야. 내가 할 수 있는 건 이 정도밖에 없어."

조금 쑥스러운 듯 케세이가 검지로 콧등을 긁적였다.

"그런데 오늘은 정말 아무것도 안 해도 돼?"

"이번 일주일 동안 공부하는 데 상당한 시간을 들였으니까. 마지막 하루는 일부러라도 쉬었으면 좋겠어. 지금까지 열심히 익힌 것은 조금 쉰다고 빠져나가지 않아. 그보다도 무리해서 컨디션을 망가뜨린다거나 진짜 시험 때 졸면 위험하니까. 사소한 실수를 범해서 점수를 잃으면 아깝잖아."

"알았어. 유키무의 지시에 따르겠습니닷!"

정체 모를 경례를 하며 하루카가 순순히 응했다.

쾅! 그때 갑자기 문을 거칠게 여는 소리가 교실 안에 울려 퍼졌다.

"다들, 빅뉴스다!"

느긋하게 점심식사를 마치려고 하는, 그런 타이밍.

"우왓, 최악……."

하루카가 깜짝 놀라 들고 있던 샌드위치를 바닥에 떨어트리고 말았다.

"뭐하는 거야."

불쾌한 기색을 노골적으로 드러낸 하루카가 이케를 쏘아보았다.

"축제라고, 축제! 지금 A반 애들이 B반에 쳐들어갔다고!"

그런 말이 날아들었다.

"이치노세의 복귀와 동시에 사카야나기가 움직였구나……."

마찬가지로 밥을 먹고 있던 호리키타가 당황해서 벌떡 일어났다. 그러더니 내게 말을 걸지도 않고 교실을 뛰쳐나갔다. 그 모습을 본 스도와 히라타 무리도 호리키타를 뒤따라 나갔다.

　내일이면 학년말 시험.

　마지막 마무리를 지으려면 오늘밤에 없겠지.

　복귀한 이치노세의 숨통을 조이기 위해 직접 공격하려는 속셈.

　"어떡해, 아키토……."

　"갈 수밖에 없잖아. 또 저번 같은 일이 벌어지면 말릴 사람이 필요해."

　"그렇, 지."

　"하지만 하루카랑 아이리. 너희는 여기 남아. 사람이 많아도 소용없으니."

　"알았어, 알았다고. 우리는 천천히 먹고 있을게."

　"키요타카 군은 어쩔 거야?"

　"나는——."

　아키토와 함께 케세이도 일어선 상황이다. 남겠다고 말하기도 어렵다.

　"일단 따라 가볼게. 도움이 될 거란 생각은 안 들지만."

　셋이서 교실을 나와 B반으로 향했다.

　이미 복도까지 소란이 전염되었는지, 사람들이 마구 모여들고 있었다.

　"뭐 하러 온 거야, 사카야나기!"

　B반에 도착하니 시바타가 사카야나기에게 달려드는 장면

이 펼쳐지고 있었다.

"뭐 하러? 난 너희 B반을 구하러 온 건데?"

사카야나기의 양옆에는 카무로와 하시모토가 서 있었다. 키토를 비롯한 다른 학생들의 모습은 보이지 않았다. 너무 많이 끌고 오면 문제가 될지도 모르니 소수로 움직인 것이리라.

"무슨 일이야? 사카야나기."

교실 안에서 몇몇 학생에게 둘러싸여 있던 이치노세가 말을 걸었다.

"기다려, 이치노세, 네가 나설 필요 없다니까."

"맞아, 호나미짱. 가면 안 돼."

이치노세에게 찰싹 달라붙어, 사카야나기와의 접촉을 막으려고 했다.

"우선은 몸이 회복됐다니 정말 다행이야. 사실은 좀 더 빨리 보러 오고 싶었지만 시험공부 때문에 바빴어. 그나저나 잘됐네, 내일 학년말 시험은 무사히 치를 수 있게 되었으니까."

"응. 고마워."

먼 거리에서 주고받는 두 사람의 대화.

B반 학생 모두가 사카야나기를 적대하는 것은 당연히 알고 있으리라.

점심시간인데 아무도 교실을 비우지 않았다.

아마 반 아이들이 하나로 똘똘 뭉쳐 이치노세를 지킬 생각이었을 것이다.

하지만 사카야나기는 조금도 동요하지 않고, 완전히 적지에 원정 온 듯한 분위기를 즐기고 있는 모습.

소문의 중심에 있는 이치노세가 점심시간에 식당 따위를 이용하지 않으리라는 것도 읽고 하는 행동이다.

"구하러 온 거라고 말했지, 사카야나기."

"그래."

칸자키의 질문에 웃으며 고개를 끄덕이는 사카야나기.

"그 말은 곧 소문을 퍼트린 사람이 너라는 걸 인정한다는 건가."

그걸 사과하러 온 거라면 이해가 안 되지도 않는다며 칸자키가 말을 이었다.

"소문을 퍼트린 건 내가 아니야."

"······그럼 우리 반을 뭘 어떻게 구한다는 말이지?"

"예전에 이치노세가 대량의 포인트를 가지고 있다는 소문이 퍼졌던 건 기억나니? 그때는 부정행위가 아니었기 때문에 바로 가라앉았지만."

"그게 뭐 어쨌는데?"

칸자키가 틈을 주지 않고 말했다. 이치노세에게 말할 기회를 주지 않기 위해서였다.

"이건 내가 혼자 하는 상상에 불과하지만····· 부정행위 없이 대량의 포인트를 가지는 방법은 한정적이야. 반 친구들로부터 정기적으로 프라이빗 포인트를 회수해서 모으는 거지. 요컨대 은행 같은 역할을 이치노세가 맡고 있는 게 아닌가 하고 판단했어."

"그건 대답해줄 수 있는 부분이 아니야."

B반의 전략과 관련된 사항. 당연히 거부했다.

"그래. 나도 대답을 바라는 건 아니야. 다만—— 다만, 혹시라도 이치노세가 내 추리대로 은행 역할을 맡고 있는 게 사실이라면…… 아주 위험한 일이 아닌가 해서."

그렇게 말하고는 멀리서 자신을 바라보는 이치노세에게 시선을 보냈다.

"…………"

이치노세는 대답하지 않고 계속해서 쳐다볼 뿐이었다.

"내 말이 틀렸어? 이치노세 호나미."

헛수고다, 사카야나기. 물론 네가 이치노세를 궁지로 내몬 것은 맞다.

침묵이라는 무기로 싸울 수밖에 없었던 이치노세를, 아슬아슬한 경계선까지 몰아넣었지.

앞으로 한 번만 더 밀면, 천 길 낭떠러지 아래로 이치노세를 떨어뜨릴 수 있다.

그런 상황을 만들어냈다.

하지만 이제 그 수법은 통하지 않게 되었다.

"길 좀 열어줄래, 치히로, 마코."

"하, 하지만."

"괜찮아. 난 이제 괜찮아, 정말로."

그렇게 말하며 다정하게 미소 지은 이치노세가 천천히 걸음을 떼기 시작했다.

사카야나기와의 거리를 점점 좁혀나갔다.

하지만 끝에 가서 이치노세가 마주 보고 선 사람은 사카야나기가 아니라 교실에 있는 반 아이들이었다.

"……미안해, 애들아!"

이치노세는 교단 앞에 서서 B반 아이들 전원을 향해 고개 숙였다.

"뭐, 뭘 사과하는 거야, 이치노세. 아무것도 사과할 필요 없어. 안 그래?"

시바타가 동요하며 이치노세의 말을 자르려고 했다.

"말리지 마, 시바타. 저 애는 참회하려는 거니까."

사카야나기가 유쾌하다는 듯 웃었다.

"지금까지 1년 동안…… 계속, 계속 숨겨왔던 게 있어……."

"기다려, 이치노세. 이 자리에서 말할 필요 전혀 없어."

불온한 분위기를 감지한 칸자키가 말리려고 했지만 이치노세는 멈추지 않았다.

"요 몇 주 동안 나에 대해 이상한 소문이 돌았던 거 알고 있어. 그중에 딱 하나는 거짓이 아니라 정말 사실이야. 그건, 편지에 있던 내용…… 내가 범죄자였다는 이야기."

기어코 그 말을 끌어내자 사카야나기는 만족스러운 듯 미소 지었다.

"그건 진짜야."

소란스러웠던 교실 안이 고요해졌다.

"여기 있는 착한 집단은 전혀 짐작도 못할 것 같으니 자세히 알려줘, 이치노세. 도대체 무슨 잘못을 저질렀는지."

"나는――."

이치노세는 입을 열려다가 침을 한 번 삼켰다.

"모두에게 숨겨왔던 것을―― 지금부터 고백할게."

그렇게 말한 이치노세는 봉인해왔던 과거를 털어놓았다.

"내가 숨겨온 범죄가 뭐냐 하면…… 물건을 훔쳤어――."

우등생 이치노세 호나미의 절도.

그 사실에 B반뿐 아니라 아키토와 케세이 등 구경꾼들까지 귀를 의심했으리라.

도저히 그런 짓을 할 만한 학생으로 보이지 않으니까.

"호나미짱이…… 도둑질…… 저, 정말로?"

"응. 미안해, 마코."

이치노세는 사과한 후, 그 발단에 대해 이야기하기 시작했다.

"난 모자 가정으로. 엄마랑 두 살 아래 여동생까지 셋이 살았어. 유복한 편은 아니었지만 불행하다고 생각한 적은 한 번도 없었어. 하지만 두 자식을 키우면서 일해야 했던 엄마는 늘 고단해 보이셨지. 그래서 난 초등학생 때부터 중학교를 졸업하고 나면 바로 취업해야겠다고 다짐했어. 고등학교에 가려면 돈이 아주 많이 드니까. 취직해서 엄마를 도와 두 살 아래 여동생을 뒷받침해주려고 생각했거든. 그런데 엄마는 반대하셨지. 언니로서 동생의 행복을 진심으로 바라듯이, 엄마로서 두 딸에게 똑같은 행복을 주고 싶었던 거라 생각해."

자신의 과거를 전부 털어놓는 이치노세.

"돈이 없어도 열심히 공부하면 특기생 전형을 쓸 수 있다는 걸 알았어. 죽을 각오로 공부해서 학교에서 1등이라는 이야기를 들을 때까지 성장하게 되었지. 그런데…… 중학교 3학년 여름에…… 너무 무리한 엄마가 결국 쓰러지셨어."

하루하루 살아내기 위해, 이치노세의 어머니는 쉬지 않고 일했으리라.

자식들을 키우기 위해 몸이 가루가 되도록.

"동생의 생일이 다가왔어. 동생은 지금까지 엄마한테도 나한테도 선물 같은 거 달라고 졸라본 적이 없었어. 그때 동생은 고작 중학교 1학년. 좀 더 어리광부려도 되는 나이인데, 계속 참아만 온 거야. 입고 싶은 옷도 사지 않고, 친구랑 놀러가거나 쇼핑하지도 않고, 참고 또 참아왔어. 그런 여동생한테…… 처음으로 갖고 싶은 게 생겼어. 작년에 유행했던 헤어클립. 여동생이 제일 좋아하는 연예인이 애용하는 핀이었지. 분명 그 헤어클립을 사주려고 엄마가 무리해서 일을 더 넣은 거라고 생각해."

하지만── 입원이라는 변수가 생겨 생일 선물을 사 줄

상황이 아니게 되어버린 것이다.

"지금도 생생히 기억해. 병실 침대에 누워서 울며 사과하는 엄마에게, 마구 악을 쓰던 여동생의 얼굴을. 울면서, 잔뜩 기대한 헤어클립의 이름을 외치던 여동생의 얼굴을. 그런 여동생을 나는 비난하지 않았어. 살면서 처음으로 바란 선물이니까……."

사카야나기는 미소를 유지한 채 그 고백을 계속 경청했다.

"언니로서…… 어떻게든 해서 동생의 미소를 되찾아줘야 한다. 그렇게 생각했어. 그래서 생일 당일 방과 후, 백화점으로 향했어."

지금도 당시와 마찬가지로 심장이 마구 두근대고 있겠지.

"그때의 내 감정은, 분명 어둠이었을 거야. 괜찮잖아…… 딱 한 번, 여동생을 위해 나쁜 짓을 하는 건 대수롭지 않은 일이야. 세상에 나쁜 짓을 저지르는 사람이야 얼마든지 많으니까. 그런 감정이 있었어. 지금까지 계속 참아온 우리니까 비난받을 필요 없다고. 이건 허락된 행위라고. 그렇게 혼자 제멋대로 해석했어. 돈 주고 사면 만 엔이 넘는 물건이었는데. 나는 동생이 갖고 싶어 하던 그 헤어클립을…… 훔치고 말았어."

묵직한 것을 토해내듯 이치노세가 입을 열었다.

"모든 사람을 불행하게 만드는 행위. 하지만 그때의 나는 무슨 짓이라도 해서 동생을 기쁘게 해주고 싶었어."

그것이 계기.

"……하지만 틀렸어."

불쑥 토해낸 이치노세.

"결국 범죄는 범죄. 아무리 참회해도 절대 되돌릴 수 없는 잘못이야."

끊어질 듯 끊어질 듯, 겨우 말을 이었다.

"그래서 잡혀갔다는 건가?"

하시모토가 묻자 이치노세는 고개를 가로저었다.

"난 그 헤어클립을 가지고 백화점을 나왔어. 난생처음 한 도둑질, 난생처음 저지른 범죄. 그건 아무에게도 들키지 않았어. 그렇게 바로 집에 돌아온 나는 우울해하는 동생에게 헤어클립을 줬어. 훔친 거니까 포장이고 뭐고 없는 초라한 선물이었지만. 동생은 몹시 기뻐했어. 그 미소를 보니까 순간 죄책감이 조금이나마 사라지는 기분이 들었어. 하지만 아니었어, 시간이 지날수록 죄책감은 점점 커져만 갔어."

자조 섞인 미소를 짓는 이치노세.

"딸이 나쁜 짓을 저질렀는데 엄마가 눈치 못 챌 리 없잖아. 비밀로 하라고 했던 선물을, 여동생이 머리에 하고 엄마 병문안을 가고 만 거야. 그게, 그렇겠지. 여동생은 상상도 못 했을 테니까. 내가 도둑질해서 선물하다니. 그때 난생처음, 정말 화난 엄마를 보았어. 나를 마구 때리고, 동생한테서 선물을 빼앗았어. 울며 그 자리에 주저앉은 동생은 영문도 몰랐을 거야. 나는 아직 좀 더 입원해 있어야 하는 엄마의 손에 이끌려 가게에 갔어. 그리고 무릎 꿇고 용서를

빌었어. 그때 비로소 내가 저지른 죄의 무게를 실감했어. 어떤 변명을 늘어놓는다고 해도 범죄를 긍정할 순 없다고, 말이야."

그것이 이치노세의 과거. 숨겨왔던 과거.

"결국 가게 주인은 나를 경찰에 넘기지 않았어. 하지만 소문은 순식간에 퍼졌고, 나는 방에 숨어 나오지 않았어. 중학교 3학년의 거의 절반을, 그냥 방에만 틀어박혀 지냈지……. 그러다가 다시 한번 일어나보자고 결심했어. 담임 선생님께서 이 학교의 존재를 가르쳐 주신 게 그 계기야. 입학금도, 수업료도 면제. 게다가 졸업하면 어느 곳에나 취업이 가능하니까. 다시 해보자고, 처음부터 다시 시작해보자고."

모든 이야기를 마친 이치노세는 B반 아이들을 향해 다시 고개를 숙였다.

"미안해, 얘들아. 이런 한심하고 못난 리더여서……."

"그렇지 않아, 이치노세."

옆에서 듣고 있던 시바타가 그렇게 말했다.

"방금 이야기를 듣고 확신했어. 이치노세는 역시 좋은 녀석이라고. 안 그래?"

"맞아. 호나미짱은 잘못을 저질렀을지도 몰라, 하지만——."

쿵!

그때 지팡이로 바닥을 내리찧는 소리가 울려 퍼졌다.

"그만. 웃기지 말아줄래?"

이치노세를 옹호하는 목소리를 일축했다.

"정말 시시한 익살극이 따로 없구나. 불필요한 과거를 시시콜콜 떠들어서 동정을 살 계획이야? 어떤 사정이 있었든지 간에 도둑질은 도둑질. 동정할 여지 따위는 없어. 넌 사리사욕을 채우기 위해 도둑질을 한 거야."

그 말을 듣고 옆에 있던 카무로의 표정이 순간 굳었다.

"응, 네 말이 맞아. 과거의 배경은 일체 관계없어."

"네가 『범죄 행위』를 저지른 건 사실이잖아. 지금 대량으로 가진 프라이빗 포인트도 졸업이 다가오면 가로채버리는 것 아니니?"

"……그건 불가능해, 사카야나기. 만약 내가 모두의 의향을 무시하고 A반으로 올라가는 짓을 한다면 그건 배반 행위. 학교도 허락하지 않을걸."

"그래. 넌 영리하니까 그렇게 노골적인 방식은 쓰지 않겠지. 하지만 지금 여기서 연기해 동정을 샀듯이 그 말투로 모두의 동의를 받아 A반으로 가는 거 아닐까?"

집요하게 추궁하는 사카야나기.

"그러……네. 내가…… 내가 아무리 애써도, 내 노력은 전부 위선일지도 몰라. 한 번 범한 잘못은 절대 지울 수 없으니까."

범죄자라는 꼬리표는 떨어지지 않는다.

언젠가는 배신당하지 않을까 하는 의심이 사라지지 않을 것이다.

"다들 알고 있지 않아? 그게, 이치노세 호나미라는 학생이라는 걸. 이런 사람이 리더 자리에 앉아 있는 한 B반에 승산은 없어."

철저하게 현실을 들이밀었다.

"지금 당장 이 자리에서 프라이빗 포인트를 전부 애들한테 돌려주고 B반 리더 자리에서 내려와. 그 정도는 하지 않으면 네 나쁜 소문은 앞으로도 사라지지 않을 거야."

이치노세는 눈을 감았다.

그리고 조용히, 호흡을 가다듬었다.

"어때, 이치노세. 너는 어떻게 하고 싶은데."

B반을 대표한 칸자키의 물음.

리더를 계속할 것인가 말 것인가.

그것을 결정짓는 것은 이치노세 본인이기 때문이었다.

만약 이것이 처음 겪는 마음의 상처였다면.

이치노세는 견디지 못하고 맥없이 꺾여버렸을지도 모른다.

하지만 이미 이치노세는 한 번 상처받았다.

아니 '내가 부러트렸다'.

그리고 깨끗하게 아물었다.

부러졌던 곳은 예전보다 훨씬 단단해졌다.

"이것으로 내 참회는 끝!"

그렇게 말하며 사카야나기에게 미소를 날렸다.

"내가 도둑질을 한 건 사실이야. 사카야나기가 말했듯 동정의 여지가 없다고 생각해. 죄는 죄니까. 그 사실로부터 달아날 생각은 없어. 하지만 실제로 나는 처벌받지 않았어. 즉, 씻어야 할 죄는 애초부터 존재하지 않아."

"후안무치라는 말, 누군지 몰라도 참 잘 지었지. 도둑질을 저지른 악인이라고는 도저히 생각할 수 없는 뻔뻔함이네."

"그럴지도 몰라. 하지만 난 더 이상 뒤돌아보지 않아. 과거에 얽매이지 않아."

반 아이들에게 미소를 보이며 이치노세는 말을 이었다.

"이렇게 후안무치한 나지만── 모두, 끝까지 날 따라와 줄 수는 없을까?"

그렇게 말했다.

결코, 이치노세가 낙관해서 말한 것이 아니다.

금방이라도 울음이 터질 것 같고, 달아나고 싶을 것이다. 과거가 부끄러울 것이다.

그래도 앞으로 나아가려고 하고 있었다.

1년 동안 고락을 함께해온 B반 아이들이 그걸 모를 리 없었다.

"당연히 따라가는 것 아니야?!"

시바타가 미소 지으며 소리쳤다.

그와 동시에 한 사람도 빠짐없이 B반 모두가 응원의 함성을 내질렀다.

이치노세의 인망.

그 두께를 실감할 수 있었다.

케세이도 아키토도, 그런 B반에 매료된 듯 기쁜 표정을 지어 보였다.

자기 반뿐 아니라 다른 반 아이들로부터도, 이렇게까지 응원하는 소리를 들을 수 있는 학생은 또 없으리라.

"사카야나기…… 어떻게 하지?"

사카야나기가 펼친 공격은 무효화되었다.

그것을 카무로도 피부로 느꼈다. 그래서 이만 물러나자는 충고와 같은 한마디를 던졌다.

"후후후."

사카야나기가 웃었다.

"후후후후후후."

다시 한번, 이번에는 길게.

"그렇구나. B반을 잘 구슬리는 데 성공했네. 하지만 아까 네가 네 입으로 말했듯이 범죄를 저지른 과거는 사라지지 않아. 앞으로도 계속, 네 소문은 퍼져나갈 거야."

"그래. 거기서 도망칠 생각은 없어."

"그래? 그럼 철저하게 당──."

"자~, 다들 거기까지."

사카야나기가 대답하려고 하는데 B반에 교사와 학생이 모습을 드러냈다.

학생회장 나구모, B반 담임 호시노미야 그리고 차바시라였다.

"거물이 다 모이셨네요. 이건 1학년끼리의 문제입니다만?"

"그야 1학년들의 사소한 다툼인 건 맞지. 하지만 오늘부터 경솔하게 소문을 퍼트리는 행위를 금한다."

"……그게 무슨 말씀이시죠? 이치노세의 소문에 관한 함구령은 납득할 수 없어요. 무엇이 발단이 되었든, 이치노세가 피해를 입었다고 한번이라도 학교 측에 보고했나요?"

"그게 아니야, 사카야나기. 이건 이제 이치노세만의 문제가 아니다."

나구모가 사카야나기에게 그렇게 대답했다.

"……그 말씀은?"

설명하려고 하는 나구모의 앞에 차바시라가 섰다.

"자세한 건 밝히지 않겠지만, 너희 1학년 사이에서 경쟁하듯 서로를 비방하고 모함하고 있다는 사실이 명확하게 확인되었다. 퍼트린 소문의 개수가 20개 가까이나 된다. 더 이상 소문이 나돌면 학교의 풍기를 어지럽히게 될 거다. 소문은 소문. 하지만 확증이 있든 없든, 누군가를 함정에 빠트리는 소문이 더 이상 만연하는 것을 학교는 바라지 않는다. 따라서 무의미하게 소문을 퍼트리고 다니는 사람은 앞으로 처벌 대상이 될 가능성이 있음을 통보해둔다."

멈출 줄 모르는 소문의 확산에 지금껏 묵인해왔던 학교 측이 행동에 나선 것이다.

"……그렇군요, 그런 건가요."

차바시라의 말에 전모를 깨달은 사카야나기.

"학교 측이 움직이기 시작했다는 거네."

상황을 보고 다가온 호리키타도 알아차렸다.

"결과론이지만, 이렇게 해서 모든 반이 도움을 받는 것 아닐까. 사건의 발단이 된 이치노세에 관해서도, 더는 사카야나기 진영이 허튼짓을 할 수 없게 되었어. 혼도랑 시노하라, 너와 사토에 관한 소문 역시 이렇게 해서 사그라질 거야."

"그렇군."

"이번엔 사카야나기가 너무 지나쳤어. 동시에 모든 반을 같은 전략으로 함정에 빠트리고 싶었겠지만 너무 대놓고 한 것이 도리어 화가 된 셈이지. 지나치게 호전적인 한수였어."

그렇게 말한 호리키타는 입을 다물었다.

그리고 잠시 후 다시 입을 열었다.

"그런데——."

"왜 그래?"

"아니, 아무것도 아니야."

호리키타는 더 말하려고 하지 않았다.

"이만 가자. 학교가 움직였다면 우리는 더 나설 필요가 없어."

상황을 이해한 사카야나기는 반 아이들에게 철수를 명령했다.

분위기가 뒤숭숭했던 B반이 딱 한 번 환호성을 질렀다.

A반 격퇴에 흥분했던 것이다.

9

C반으로 돌아오자 하루카가 잡아먹을 듯한 기세로 아키토에게 물었다.

"어떻게 됐어, B반은? 엄청 시끄러웠던 모양이던데."

"예상 밖의 전개였어. 이치노세가 사카야나기를 쫓아냈어."

아키토는 B반에서 일어난 일을 간략하게 전했다.

이치노세의 소문의 진상 그리고 학교 측이 앞으로 소문을 퍼트리지 말라고 통보했다는 사실까지.

"오후 수업에 들어가면 선생님이 한 번 더 못을 박겠지."

"도둑질을 했다니. 의외이긴 하지만, 그런 거라면 좀 이해가 가네. 숨기고 싶었던 과거가 언급됐으니, 당연히 학교를 쉬고 싶어지겠지."

사정을 안 하루카가 이치노세를 두둔하는 발언을 했다.

"아무튼 이렇게 해서 소동은 끝났어. 우리는 소문에 휘둘리지 말고 시험에 집중하자."

"잘됐네, 키요뽕."

"뭐…… 그렇지."

그때 휴대폰이 울렸다.

"누군데, 누군데?"

"모르는 번호야."

나는 표시된 번호를 하루카 일행에게 보여주었다. 지난번 밤중에 걸려온 번호와도 달랐다.

나는 자리에서 일어나 그룹으로부터 조금 떨어진 곳에 가서 전화를 받았다.

"여보세요."

"아야노코지?"

목소리의 주인이 누구인지는 바로 알았다. 사카야나기였다.

"어떻게 내 번호를⋯⋯ 아니, 그쯤은 어렵지도 않나."

"그래. 점심시간이 끝나려면 아직 10분 정도 남았어, 좀 나올래?"

거절하는 건 간단하지만, 나중에 다시 시간을 내는 것도 귀찮았다.

"어디로 가면 돼?"

나는 통화하면서 복도로 나왔다.

"음. 1층 현관 앞은 어때?"

"알았어."

전화를 끊은 나는 현관으로 향했다.

카무로와 하시모토가 있을지도 모른다고 생각했지만, 그곳에는 사카야나기 혼자 있었다.

"안심해. 지금은 아무도 안 데려왔어. 그나저나 정말 훌륭했어. 아야노코지."

"무슨 소리지?"

"나 모르게 물 밑에서 움직였던 모양이네. 몇 가지 풀지 못한 수수께끼는 남아 있지만, 답을 대조해보자고 요구할 생각은 없어. 다만 왜 이치노세를 지키려고 생각했는지, 그 점이 신경 쓰여서 말이야."

그렇게 말한 사카야나기가 나를 응시했다.

"잠깐만. 무슨 소린지 감도 안 오는데."

"이치노세에게 먼저 손을 써놓았기 때문에 그 자리에서 뻔뻔하게…… 아니, 다시 설 수 있었던 게 아니겠어? 아마 오늘 처음으로 과거를 고백한 게 아니라 그 전에 먼저 털어놓은 상대가 있었겠지."

"그 상대가 나라고?"

"맞아."

그런 결론에 도달해도 무리가 아니다.

"나를 움직이기 위해 카무로를 이용했잖아."

"카무로를?"

"이치노세가 도둑질한 과거. 그 이야기의 진상을 드러내기 전에 일부러 나한테만 먼저 흘렸지."

"그건 그 애가 자기 멋대로 벌인 일이야."

"아니, 그건 말이 안 돼."

"어째서 그렇게 단언할 수 있는데?"

아무래도 정답 대조를 요구받고 있는 건 내 쪽인 듯하다.

"카무로가 도둑질했다는 걸 증명하기 위해 나한테 내민 맥주 캔. 그건 사실 그날 훔친 게 아니었어. 입학 초기에 훔친 거였지."

"그 근거는?"

"유통기한. 카무로한테 받은 맥주 캔의 유통기한을 확인한 후 편의점에 가서 똑같은 맥주 캔을 꺼내 유통기한을 확인했어. 4개월 넘게 차이가 나더군. 어쩌다 딱 하나만 4개월

이나 전에 만들었다는 건 이상하지. 카무로는 당시 훔친 맥주 캔을 네가 처리하겠다며 가져갔다고 말했어. 그렇다면 미리 네가 보관해두었던 맥주 캔을 건네받아 준비했거나 내 방을 나온 직후 너를 만나 맥주 캔을 직접 받았거나 둘 중 하나라는 이야기지."

그 시점에서 카무로가 내게 이치노세의 과거를 말하리라는 걸 예상했다는 뜻이 된다.

"왜 내가 그런 번거로운 짓을?"

"나를 끌어들이기 위해서."

"후후후. 과연 아야노코지라는 건가."

"이번 사건, 나는 가만히 지켜보고만 있어도 상관없었어. 오히려 그럴 작정이었지."

내가 손 놓고 있기를 방해한 건 다름 아닌 사카야나기다.

결국 사카야나기는 자기 손으로 이치노세를 쓰러트리고, 또 자기 손으로 이치노세에게 도움의 손길을 뻗은 셈이다.

물론 몹시 번거로운 방법으로.

"모든 것은 네가 관심을 갖게 하기 위해서였어, 아야노코지."

사카야나기는 지팡이를 짚으며 천천히 걸어 나와 거리를 좁혔다.

"이치노세가 그대로 무너지더라도 나는 상관없었어. 하지만 네가 개입할 가능성의 실을 남겨두면 그걸 잡아주지 않을까 기대하고 말았지. 가능성은 반반이었는데…… 이상적인 전개가 되었네."

사카야나기에게 이치노세의 존재 따위는 처음부터 아무래도 상관없었다는 뜻이다.

"나와 승부를 겨뤄줘, 아야노코지."

"만약 응하지 않는다면?"

"넌 별다른 타격을 받지 않는다고 말할지도 모르겠지만, 네가 C반을 이끌고 있는 배후라는 사실을 폭로할 거야. 소문의 범주에서 끝날 이야기가 아니라는 건 지금의 아야노코지라면 이해할 수 있겠지?"

학교 측이 공식적으로 소문 유포를 금지했어도 사카야나기는 태연하게 이야기를 퍼트리리라.

"어때? 받아들일래?"

"뭘 가지고 이기라고? 넌 A반이고 난 C반인데. 불 보듯 뻔하지."

"다음 시험 내용이 뭔지는 모르지만, 그 등수를 놓고 경쟁하자. 네가 이기면 앞으로 절대 과거를 발설하지 않겠다고 약속할게."

나쁘지 않은 조건이기는 했지만, 그걸 지킨다는 보장은 어디에도 없다. 서면이나 음성으로 기록을 남길 생각도 나로서는 전혀 없다.

"못 믿겠지? 하지만 믿을 수밖에 없어. 안 그러면 네 과거를 만천하에 공개할 거야. 일상생활을 하기 힘들어지겠지."

"마음대로 해라. 단, 그렇게 하면 너와 내가 싸울 일은 끝까지 없을 거다."

"……후후. 그렇지, 아야노코지는 그렇게 말할 사람이지."

승부 따위를 간단히 받아들이지 않을 거라는 건 사카야나기 본인도 잘 알고 있을 터다.

그러니까 지금까지 누구에게도 내 과거를 말하지 않은 것이다.

"그럼 내 퇴학을 걸겠다고 말한다면? 증인으로 이 학교 이사장인 내 아버지를 입회인으로 삼아도 상관없어."

나와의 승부에 절대적인 자신감을 내비치는 사카야나기.

"물론 나한테 져도 네가 학교를 떠날 필요는 없어. 뭔가 특별한 걸 걸라고 말할 생각도 없고. 다만 네가 C반의 배후였다는 것만은 공표할 거야. 그 정도의 위험을 짊어지지 않으면 넌 단순히 기권할지도 모르니까."

어때? 하고 내게 물었다.

"그 조건이 좋다면 받아들이지."

"고마워, 아야노코지. 이렇게 해서 지루한 학교생활도 겨우 끝날 것 같네."

만족한 듯 미소를 지으며 사카야나기가 물러갔다.

나는 이번 사건의 숨은 주역에게 전화를 걸기로 했다.

그는 호리키타도 케이도 아니거니와 호리키타의 오빠는 더더욱 아니었다.

"슬슬 연락이 올 것 같다고 생각했어. 안녕, 아야노코지."

○모든 내막

이야기는 2월 11일 금요일. 그러니까 이치노세는 범죄자라는 내용의 편지가 우편함에 뿌려진 날로 거슬러 올라간다.

이치노세의 동요, 그리고 카무로가 도둑질한 과거를 밝히려고 내게 접촉해온 타이밍.

나는 사카야나기의 전략에 대비해 미리 포석을 깔아두기로 결심했다. 그것을 실행하기 위해, 저녁 무렵 어느 여학생에게 전화를 걸어 방에 와달라고 요청했다.

그리고 약속 시각. 초인종이 아니라 조심스러운 노크가 방에 울려 퍼졌다.

잠금장치는 이미 풀어놓은 상태였기에 그대로 문을 열었다.

불어 들어오는 차가운 바람과 함께, 은은한 꽃향기가 콧구멍을 간지럽혔다.

"안녕, 아야노코지."

밤 12시가 지나, 목소리 톤을 한 단계 낮추고 찾아온 사람은 쿠시다였다.

"이런 시간에 불러서 미안하다. 괜찮으면 들어와."

"그래도 돼?"

"문 앞에서는 춥잖아."

"응. 고마워."

한밤중에 남학생 방에 들어가는 것.

그것도 단둘이 있는 상황. 보통은 싫어해도 이상하지 않다.

하지만 쿠시다는 망설임 없이 방에 들어왔다.

"아야노코지. 아직 좀 이르지만 이거 줄게."

윗옷 안에서 핑크 리본이 달린 초콜릿 상자를 꺼냈다.

"그래도 돼?"

"14일에는 줘야 할 데가 많으니까 일찍 만나는 사람한테는 미리 주기로 했어."

그런 거라면 고맙게 받도록 하지. 거절할 이유도 없고.

"그런데 나한테 할 이야기란 게 뭐야? 이런 시간에 부른 걸 봐서 예삿일은 아니겠지?"

대수롭지 않은 이야기면 아침이나 낮에 해도 된다. 당연히 뭔가 있다고 의심했다.

"의논하고 싶은 게 있어."

"으응……?"

살짝 놀란 쿠시다가 다시 입을 열었다.

"아야노코지는 날 싫어한다고 생각했는데? 설마 나한테 의논할 게 있다고 할 줄이야."

"딱히 싫어하지 않아. 오히려 네가 나를 피한다고 생각했는데?"

"아하하하, 그래, 그렇구나."

진짜 모습도 가짜 모습도 아니다. 그 중간 어디쯤에 있는 쿠시다가 웃었다.

"하지만 호리키타가 있잖아? 그 애가 나 따위보다 훨씬 의지가 될 텐데?"

"다른 사람이 아닌, 꼭 쿠시다한테만 부탁할 수 있는 일이라서."

"도움이 될지는 잘 모르겠지만, 이야기 정도는 들어줄 수 있으니까 알겠어. 그런데 나만 가능한 협력이라는 게 도대체 뭘까?"

내용까지는 짐작할 수 없어서 고개를 갸우뚱거렸다.

"1학년 애들 중에서 떠돌면 곤란한 개인 정보, 그러니까 비밀을 알려줘."

"……그게 무슨 말이지?"

표정은 미소를 유지했지만, 쿠시다의 눈에서 웃음기가 사라졌다.

"전에 말했지. 넌 반을 붕괴시킬 수 있을 만큼의 정보를 이미 가지고 있다고 말이야. 그건 우리 C반뿐 아니라 다른 반까지 포함되어 있을 터."

늘 인기 많은 인격자 자리를 유지하는 쿠시다에게 하루가 멀다 하고 상담 요청이 이어지고 있다.

C반만큼은 아니라도 다른 반 학생의 정보도 적잖이 쥐고 있으리라.

"왜 그런 걸 네가 알고 싶은 건데?"

"지금 이치노세가 소문 때문에 고생하고 있는 건 알지?"

"그래. 오늘도 편지에 심한 내용이 적혀 있었고……."

"그걸 멈추게 하려고."

"음, 잘 모르겠네. 그건 아야노코지의 의사? 아니면——."

"호리키타는 상관없어."

"흐음? 꽤 정이 많구나, 아야노코지는. 스도도 도와줬었 잖아."

입학 초기에 내가 스도의 퇴학 일로 움직였던 것을 당연 히 쿠시다는 알고 있다.

"그런데 남의 비밀을 안들, 그 소문을 멈출 수 있어?"

"그래."

"역시 잘 모르겠네. 많은 사람을 상처 주는 소문이 퍼지면 분위기가 지금보다 훨씬 험해지기만 하는 것 아니야? 이치 노세한테 쏠린 화제를 돌릴 수만 있다면 그래도 괜찮다는 거니?"

다수를 희생시켜 한 사람을 구한다. 그런 전략으로 보였 는지도 모른다.

마냥 틀린 생각은 아니지만 조금 다르다. 쿠시다는 계속 해서 말을 이었다.

"나도 이치노세와 친하게 지내고 있어. 도움이 된다면 기 꺼이 도움을 주고 싶어. 그리고 내가 남들보다 많은 비밀을 들은 것도 사실일지 몰라. 하지만 그렇다고 해서 그걸 쉽게 공개할 수는 없어. 그런 약속을 전제로 들은 이야기니까."

물론 당연히 그렇겠지.

숨기고 싶은 비밀이 퍼지는 것을 기뻐할 사람이 어디 있 겠는가.

그렇다면 처음부터 아무한테 말하지 않으면 되겠지만, 인간은 그렇게 단순하지 않다.

가족과 친한 친구, 연인에게는 누구나 자신의 비밀을 털어놓는다. 감정을 공유하고 싶으니까.

"친구를 배신하는 행동은 못해. 그리고 이치노세를 위해 협력한다고 해도 그 소문을 퍼트린 사람이 나라는 게 들킬 위험도 있잖아?"

"물론 그렇게 되지 않도록 몇 개만 골라내야지."

쿠시다한테만 털어놓았을 너무 묵직한 비밀은 쓸 수 없다.

그렇다고 해서 친구라면 누구나 알고 있는 가벼운 것도 안 된다. 중요한 것은 몇 명 정도만 알고 있는 비밀. 절묘한 균형 감각이 요구된다.

"내가 그런 친구를 배신하는, 영문 모를 작전에 협력할 거라고 생각해?"

"쉽지는 않겠지."

만약 내가 쿠시다의 이면을 몰랐다면 교섭할 여지도 없었다.

천사를 연기하는 쿠시다가 남을 함정에 빠트리는 데 도움을 줄 리 만무하니까.

그러나 진짜 쿠시다의 얼굴을 아는 나이기 때문에 가능했다.

"만약 적절한 정보를 준다면 그 대가를 준비하지."

"대가?"

"최대한 네가 원하는 형태로 답해줄 생각이야."

"그러니까 내 부탁을 들어준다는 뜻?"

"있는 그대로 말하면 그런 이야기지."

"지킨다는 보장이 없잖아. 아야노코지는 호리키타랑 한편이기도 하고."

"그럼 지금 우리가 하는 대화를 보험으로 삼아도 돼."

"무슨 뜻이야?"

"내가 굳이 말하지 않아도 알지 않나?"

나는 쿠시다의 옷 윗주머니 쪽을 슬쩍 쳐다보았다.

"응?"

그래도 모르겠다는 표정이어서 좀 더 자세히 말해주었다.

"말 안 해도 알 텐데. 휴대폰, 보이스 레코더, 아니면 둘 다인가?"

우리의 대화를 이용할 생각이 없을 리 없다.

"눈치챘어? 내가 녹음하고 있다는 걸?"

"쿠시다라면 그 정도 보험은 들 거라고 생각했으니까."

"하지만 확신했잖아?"

일단 모른 척한 건 내가 떠본다고 생각해서였겠지.

"녹음은 자기한테 불리한 부분을 잘라내면 신빙성이 단숨에 떨어져. 가능하면 원본 그대로 쓰고 싶을 테지. 그럼 필연적으로 자기가 한 말이 남을 수밖에 없어."

내 방에 온 후로 쿠시다는 최대한 말을 신중하게 골라 사용했다.

만일의 사태에 대비해, 자신에게는 잘못이 없도록 대화를 이어나갔다.

"그것만 가지고 확신했다니…… 좀 하네."

휴대폰을 꺼낸 쿠시다는 녹음 중인 화면을 보여주고는, 내가 보는 앞에서 정지시켰다.

"좋아. 이걸로 녹음 끝. 아, 갑갑했어."

그렇게 말한 쿠시다는 조금 전까지 얌전하게 굴던 태도를 완전히 지웠다.

"나도 이제 알았어. 역시 아야노코지가 호리키타를 도운 거 맞지?"

"호리키타에게 조언을 하기는 했지."

"뭐, 그건 됐어. 앞으로 언제든지 물어볼 수 있으니까."

그렇게 말한 쿠시다는 조금 전 이야기로 다시 돌아갔다.

"그래서, 남의 개인 정보로 어떻게 이치노세의 소문을 막겠다는 건데?"

중요한 건 그 부분이지. 쿠시다는 생각을 바꿔 이야기를 들을 자세를 취했다.

"그건—— 지금까지 방관하고 있는 학교 측을 끌어들이는 거다."

"학교를 끌어들인다고……?"

"지금 이치노세는 소문에 침묵할 뿐 아무런 대책도 세우지 않고 있어. 그러니까 당연히 학교 측도 나서지 않는 거지."

"그렇게 단정 지어도 돼? 학교에서 이치노세를 위해 움직이고 있을 가능성도 있잖아?"

"비슷한 거야. 만약에 담임이 사정을 들었는데도 아무 일이 일어나지 않았다면 이치노세가 도움을 바라지 않기 때문이지. 그러니까 이 사태를 도저히 그냥 내버려둘 수 없는 것으로 승화시킬 필요가 있어. 그럼 학교 측은 이 사태를 심각하게 받아들일 게 분명해."

아무리 세상으로부터 격리되어 있어도 냄새나는 것에 뚜껑만 덮으면 끝나는 시대는 지나갔다.

학생이 남을 비방하고 모함하는 이야기가 만연한 학교에서 퇴학, 혹은 최악의 경우 자살자가 나오기라도 한다면 학교의 지위와 명예는 그 길로 땅에 추락할 것이다.

집단 괴롭힘으로 발전할 수도 있는 문제를 학교 측은 절대 내버려둘 수 없다.

사카야나기는 그렇게 되지 않는 아슬아슬한 경계선에서 공격하고 있다.

나는 뒤에서 달려들어 선을 넘도록 등을 밀어버릴 생각이다.

그렇게 하면 사태는 강제로 진화 방향으로 키를 잡기 시작할 것이다. 그러한 노림수.

"누구나 이치노세처럼 조용히 있을 수 있는 건 아니지. 그러니까 학교 측에 울면서 호소하는 학생도 나온다는 거네?"

"그래. 그리고 설령 그런 학생이 없어도 곧 학년말 시험. 소문까지 더해 아주 긴장된 상황이 만들어지겠지. 싸움 같은 소동도 일어날지 몰라."

"그렇게 되면 지금은 가만히 지켜보고만 있는 학교 측도 더는 내버려두지 않을 것이다…… 는 건가."

각 반마다 몇 명씩, 진실과 거짓을 섞은 정보를 뿌리는 것이다.

아마 그 소문의 타깃이 된 학생들 절반 이상이 거짓말이라고 주장하겠지.

그렇게 되면 모두가 인정하지 않는 상황도 벌어질지 모른다.

하지만 소문이 진실을 포함하고 있다는 건 저절로 드러날 것이다.

"지금 같은 상황에서 소문이 퍼지면 제일 먼저 의심받는 곳은 A반이 되겠지. 그것도 이점이야."

이치노세를 함정에 빠트리기 위해 소문을 퍼트린 사카야나기 진영은 곧 제삼자가 저지른 짓이라는 걸 알아차리리라.

하지만 그렇다고 해도 어떻게 손쓸 방법이 없다.

온 힘을 다해 부정해도 '이치노세의 소문'을 퍼트린 사실은 부정할 수 없으니까. 그것이 진실인 이상, 모두의 의심을 사는 것을 피할 수 없다.

쿠시다도 대강의 계획을 이해한 모양이다.

"하지만 그렇게 많은 소문을 어떻게 퍼트리겠다는 거지? 쉽지 않잖아."

"학교 게시판을 이용할 거야."

"학교 게시판이라면 어플에 있는 거? 그딴 거 아무도 안 들어가. 그리고 학교 측이 움직이면 소문을 유포한 사람에게 페널티도 주는 거 아니야? 게시판은 익명으로 쓸 수 있지만, 누가 썼는지 금세 들켜버릴걸?"

잇따라 날아든 쿠시다의 의문.

"당연히 그 위험 요소까지 감안하고 짠 계획이야."

"그러니까…… 최악의 경우 아야노코지가 소문의 출처라는 것을 들킬 각오를 했다고?"

"그래. 그리고 당연히 그렇게 된다 해도 쿠시다의 이름은 절대 대지 않을게."

물론 대책은 생각해뒀지만, 지금 단계에서는 백퍼센트라고 말할 수 없다.

다만, 나라고 특정할 수 있는 상황에서 게시판에 글을 올릴 생각 따위 애초부터 없지만.

"나한테도 조금은 위험 부담이 있네."

"그래. 내가 남의 내부 사정을 너무 많이 아는 건 부자연스러우니까. 누구한테 들은 거라고 생각하는 학생도 나올지 모르지."

중요한 건 아직은 쿠시다 앞에서 내가 그렇게까지 완벽하게 행동하지는 않았다는 것.

뭔가가 어설프다, 그렇게 생각하게 만들 필요가 있다.

"다만 그 불안 요소를 줄이기 위해서라도 소문의 내용은 엄선해야만 해."

"……알았어. 아야노코지가 뭘 노리는 건진 잘 알았어, 생각해볼게. 협력하는 이야기."

생각해보겠다, 라는 건 현시점에서는 아직 확정은 아니
라는 뜻.

"내가 조건을 받아들일지 어떨지에 따라 달렸다는 건가?"

"그렇지."

이번 작전은 쿠시다 없이는 수행하기 어렵다.

거짓말만 늘어놓을 수도 있지만, 그래서는 진정한 의미로
남의 마음에 와 닿게 할 수 없다.

진실이 무수히 섞여 있어야 비로소 주위 사람들이 조바심을
낸다.

그리고 조바심이 불씨가 되어 점점 퍼져가겠지.

"그래서 조건은?"

물론 받아들일 수 없는 조건을 제시하면 교섭은 결렬되
리라.

"호리키타 스즈네의 퇴학."

"받아들일 수 없군."

"그렇지?"

쿠시다의 가장 큰 소원.

이루어지지 않을 거라는 걸 알면서도 일단 말해본 모양
이다.

"아야노코지의 퇴학도 안 되겠지?"

"그건 호리키타의 퇴학보다 더 안 되지."

"아하하."

내 말이 좀 웃겼는지, 진짜로 웃음을 터트린 쿠시다.

"하지만 그것 말고 내가 원하는 건 하나도 없는걸."

"그럼 내가 한 가지 제안해도 될까."

나는 먼저 나서서 대가를 말해보기로 했다.

"좋아. 뭔데?"

"앞으로 나한테 들어올 프라이빗 포인트. 그 절반을 너한테 양도할게."

"그게 뭐야. 류엔이 비슷한 걸 했던 기억이 있는데……."

쿠시다는 당연하다는 듯 류엔과 A반의 계약 내용을 알고 있었다.

"아아, 같다고 생각해도 좋아. 물론 은근슬쩍 넘어가지 않도록, 필요하다면 매달 입출금 내역도 보여줄게. 이렇게 졸업할 때까지 너한테 수십만에서 수백만의 프라이빗 포인트가 들어가게 되는 거야. 정보에 비해 파격적인 대가지."

잠시 침묵. 생각에 잠긴 쿠시다.

"과연 나쁜 이야기는 아니네. 하지만 아쉽게도 나는 프라이빗 포인트가 부족하지 않아. 돈이야 많을수록 좋지만, 난 지금도 충분해."

쿠시다는 선상시험 때 많은 돈을 획득했다.

어느 정도 썼다고 해도 아직 포인트가 넉넉하게 남아 있는 걸 알 수 있었다.

하지만 교섭에서도 가장 알기 쉽고 효율적인 건 결국 돈이다.

"용돈은 충분할지 몰라도 비상시에는 많아서 곤란할 게

없지. 차바시라 선생님도 말했잖아. 프라이빗 포인트는 자신을 지키기 위해서라도 필요할 거라고."

보험이라고 생각하면 1포인트라도 더 많이 가지고 있는 편이 좋다.

"그 제안. 아무리 생각해도 아야노코지가 불리한데? 이 일 때문에 아야노코지가 퇴학당할 위기라면 그나마 이해하겠어. 그런데 고작 이치노세를 구하기 위해 자기 영혼의 절반을 내놓는 것이나 다름없는 행동을 하는 건 좀 이상해."

"좋아하거든, 이치노세를."

"그런 농담은 필요 없어."

웃을까 생각했더니, 쿠시다한테는 먹히지 않았다.

"사실을 말하자면 물론 프라이빗 포인트를 절반이나 잃는 건 타격이 켜. 하지만 그걸로 난 내 몸을 지킬 수도 있지."

"그 말은?"

"너는 내가 퇴학당하길 바라니 언제 등에 칼을 꽂을지 모르잖아. 그러니까 내 나름대로의 방위책이라는 거지."

"프라이빗 포인트를 바치는 입장이 되면 나한테도 아야노코지의 존재가 메리트가 된다, 그 말이구나."

"그래. 너를 적으로 삼으면 성가시니까. 포인트의 절반을 낼 가치가 있다는 거지."

프라이빗 포인트 제공으로 맺는 협정.

상대를 내치지 않는 한 계속해서 공급될 프라이빗 포인트.

결코 나쁜 이야기가 아니다.

"······그렇구나."

잠시 고민한 쿠시다가 결론을 내렸다.

"좋아, 받아들일게. 엄밀한 조건은 내가 아야노코지를 적대시하지 않는 것, 그것만으로 괜찮아? 호리키타에 대해, 뭔가 더 보증이 필요한 건 아니고?"

"난 거기까지는 욕심 없어. 호리키타도 같이 지켜달라고 부탁했다가 이 합의가 파탄나는 게 더 성가시지."

"아주 안이한 조건이구나, 그거."

"구두 약속이 불안하면 종이에 써서 남길까?"

"아니, 그럴 것까진 없어."

그렇게 말한 쿠시다는 주머니에서 휴대폰······이 아니라 보이스 레코더를 꺼냈다.

이중 녹음. 휴대폰뿐 아니라 예비 녹음도 해두었던 모양이다.

"여기에 증거도 남아 있으니까. 어떤 형태로든 배신하면······ 알지?"

"그래."

약속이 파기되면 최악의 경우 학교 측에 말하는 것도 가능하다.

공표하지 않고 내게서 강제로 착취하는 것 또한 가능하리라.

"역시 아야노코지. 호리키타랑은 전혀 다르네."

기브 앤 테이크.

상부상조.

감정만으로 나를 믿으라고 호소하는 건 불가능한 이야기.

추상적인 감정과 달리 숫자는 눈으로 확인할 수 있다.

물론 호리키타의 방식은 결코 나쁘지 않다.

감정으로 보장된 관계는 때로는 숫자나 계약상의 관계를 능가한다.

다만 그것을 위해 넘어야 할 문턱이 아주 높다.

쿠시다에게 원한 감정을 꾹 누르라고 설득하는 방법 자체가 잘못되었다.

"그런데 정말 절반이어도 괜찮겠어?"

"액수가 적으면 네가 꿈쩍도 안 할 것 같아서."

물론 프라이빗 포인트를 계속 양도하는 것은 내게 큰 부담이다.

——하지만 그 부분은 머지않아 해결될 것이다.

"이야기도 대충 마무리됐으니 조건을 말해도 될까?"

"그래. 희망 조건은?"

"나쁜 짓이든 부끄러운 과거든 좋아. 어찌 됐건 공개되면 곤란한 것들로."

"그래…… 그럼 대충 알려줄게."

그렇게 말한 쿠시다는 재미있다는 듯이, 자기가 알고 있는 비밀을 들려주었다.

누가 누구를 좋아하고, 누구를 싫어하는지.

그런 것부터 시작해서 개인적인 집안 사정과 경찰에 붙잡힌 이력 같은 정보를 다루었다.

생동감 넘치게 이야기를 들려주는 쿠시다.

이 단계까지 왔는데도 아직 내 진짜 목적을 모르고 있다.

이치노세를 구하는 것.

사카야나기의 도발에 응하는 것.

나를 타깃으로 삼은 하시모토의 주의를 돌리는 것.

나구모의 위협.

그런 것들은 전부 과정 중 하나에 지나지 않는다.

내가 일련의 사건을 통해 알고 싶은 것은 단 하나.

쿠시다 키쿄가 가진 정보의 양과 질. 그것을 확인하고──퇴학시키기 위해.

한마디로 쿠시다를 퇴학시키겠다고 말했지만 잘못하면 일이 성가셔진다.

그래서 안고 있는 폭탄의 위력을 추정해야 할 필요가 있었다.

쿠시다의 압도적 정보망.

그리고 그 정보의 상세함.

누구로부터 그런 소문을 들었으며, 얼마나 되는 사람이 그 소문을 알고 있는지.

게다가 쿠시다는 학생의 성격과 특징을 무서울 정도로 잘 파악하고 있다. 이 학교에서 정보 파악이라는 의미에서는 적어도 1학년 중 쿠시다보다 뛰어난 존재가 없다고 단언할 수 있다.

자신을 지키기 위해, 자신을 숭고한 존재로 인식시키기 위해 기른 쿠시다의 탁월한 능력이다.

"그렇군……."

"도움이 좀 됐어?"

물론 지금 말해준 정보가 쿠시다가 아는 전부는 아니리라.

"C반에서는 혼도 그리고 사토. 이 두 사람의 정보를 퍼트리고 싶어."

"괜찮을 거야. 사토가 오노데라를 싫어하는 건 나름대로 알려져 있으니까."

언젠가 오노데라의 귀에 들어가는 것도 시간문제였다는 건가.

"나도 성격이 안 좋지만, 여자란 다 그렇다는 걸 기억해두는 게 좋아."

그렇게 말한 쿠시다는 휴대폰을 꺼내더니 채팅 어플을 켰다. 나와는 비교도 되지 않는 친구 수. 창을 꽉 채운 그룹 수.

"예를 들어서 이건 우리 C반 여자애 일부끼리 만든 그룹 A이야. 6명이 있지? 그런데 사실은 같은 멤버로 구성된 그룹 B가 하나 더 있어. 참고로 한 명은 여기 포함되어 있지 않은데, 네네라는 아이야."

모리 네네. 케이의 그룹 멤버 중 한 사람이다.

"모리도 미움 받고 있다는 건가?"

"그래. 그룹 A가 표면적인 거라면 그룹 B는 이면 같은 느낌. 이따금 우리끼리 네네를 험담하고 있지. 물론 난 경솔한 발언을 하지 않지만. 표면상으로는 생글거리면서 친하게 지내도 뒤로는 다들 누군가를 미워하고 있어. 서로 욕하는 게 보통이라고. 아무튼 이렇게 앞과 뒤가 다른 그룹이 한두 개가 아니야. 내가 아는 것만 해도 몇십 개나 되는걸."

평소 말하면 안 되는 이야기들을 털어놓아 만족했는지, 쿠시다가 자리에서 일어났다.

"늦었으니까 이만 돌아갈게. 계약은 앞으로 잘 부탁해, 아야노코지."

현관에서 뒤돌아 구두를 신으면서 그렇게 말하는 쿠시다.

"쿠시다."

"응?"

"오늘 고마웠다."

"아니, 괜찮아. 그럼 잘 자, 아야노코지. 앞으로 잘 부탁하고."

쿠시다에게 나구모와 접촉한 것을 물어볼 기회는 있었다.

하지만 굳이 그 일은 언급하지 않았다.

나구모와 쿠시다 사이에 접점이 있었다는 것. 이것은 우연의 산물. 이용하지 않을 수 없다.

이리하여 나는 쿠시다의 정보를 바탕으로 각 반의 '소문'을 퍼트릴 준비에 들어갔다.

2

2월 14일 밸런타인데이. 이날 나는 점심시간에 방과 후마다 계속해서 미행하는 하시모토를 처리하기로 했다. 케이가 나에게 밸런타인 초콜릿을 건네리라는 것은 예상했기 때문에 그것을 이용할 계획이었다.

케이가 내게 초콜릿을 준다면 이른 아침 아니면 저녁 이후. 학교에 있는 동안에는 있을 수 없는 일이다. 히라타와 헤어진 지 얼마 안 되었는데 가방에 초콜릿을 넣을 수도 없는 노릇일 테고, 애당초 줄 상대가 있다는 것만으로도 큰 소란이 빚어지리라. 그래서 나는 일부러 13일 밤부터 휴대폰 전원을 꺼두었다.

경솔하게 접촉해 올 가능성은 없겠지만 아침은 썩 사정이 좋지 않다고 변명하지 않아도 되도록. 어디까지나 만날 때는 자연스러워야 한다.

하시모토도 미행에 큰 성과를 얻지 못해 조바심을 느끼고 있을 시점.

그러니 내 쪽에서, 뭔가가 있다는 힌트를 주기로 했다.

그게 케이와의 밀회이고, 밸런타인 초콜릿을 받는 것이

다. 약속 시각을 5시로 정한 건 하시모토의 미행이 늘 짧아도 6시 무렵까지는 이어졌기 때문이다. 아니나 다를까 하시모토는 나를 마크했다. 로비에 있는 감시 카메라로 내가 나오는 모습을 지켜보고 있었다.

미행 중에 처음으로 보인, 이해할 수 없는 접촉의 기회. 하시모토는 대담하게도 직접 나섰다. 뭐, 멀리서 보기만 하고 접촉해오지 않아도 결과는 똑같겠지만.

빈번하게 연락을 주고받았던 사람이 케이일지도 모른다는 답을 얻고 하시모토는 만족했다.

다음 날부터 하시모토는 나를 미행하지 않았다. 학년말 시험 준비로 관심을 돌렸다.

그렇게 해서 내가 자유롭게 행동할 수 있게 된 이 날.

나는 케이에게 받은 밸런타인 초콜릿을 가방에 넣은 상태로 학교에 갔다.

그리고 도서관에서 시이나 히요리와 만났다. 물론 대부분 시시콜콜한 책에 관련된 화제.

하지만 본론은 따로 있었다.

내일 퍼트릴 예정인 무수한 '소문'에 대한 예고.

A반은 이치노세의 소문을 퍼트리는 것 말고도 뭔가를 꾸미고 있을지도 모른다.

그런 씨앗을 심어두었다. 그리고 그 씨앗은 며칠 후 꽃을 피웠다. 일부러 곧잘 싸우는 이시자키와 이부키를 타깃으로 삼음으로써, 일촉즉발의 상황을 연출했다. 이는 텀 정도에 불과한 것. 그런 상황이 되지 않았다고 해도, 전체적인 전개에 별로 큰 차이는 없었으리라.

중요한 건 이후. 언제 어느 타이밍에 어떤 식으로 게시판에 글을 올릴 것인가.

그 열쇠를 쥔 인물과의 접촉. 특별히 뽑힌 사람은 키리야마 부회장이었다.

그는 나구모의 실각을 노리는 2학년 B반 학생이었다.

나는 히요리와 도서관에서 대화를 마친 후 인기척이 끊긴 교정에서 키리야마와 접촉했다.

그리고 모든 계획을 들려주었다. 이치노세를 구하기 위한 전략을.

"그렇군. 그러니까 나 보고 휴대폰으로 소문을 올리란 말이지? 하지만 내가 얻을 이익이 전혀 없는데."

"그렇지 않습니다. 키리야마 부회장한테도 메리트가 있어요. 이 대화를 통해 저와 키리야마 부회장과의 사이에 하나의 관계가 형성되었어요. 키리야마 부회장의 액션을 기다리기만 하고 있으면 영영 관계에 진전이 없을 테니까요."

실제로 그를 알게 된 후 지금까지 단 한 번도 키리야마가 뭔가를 지시한 적이 없다.

"당연하지. 나는 네 능력을 아주 많이 의심하고 있으니까."

"네. 그러니까 일단 일부로라도 제가 도움을 빚지게 해주세요. 만에 하나 곤란한 전개가 되었을 때, 저한테 부탁하기 쉽도록 말이죠. 그리고 이 게시판에 글을 올리는 건 키리야마 부회장한테 나쁜 이야기만은 아니에요."

"……그 말은?"

"이치노세 호나미는 학생회에서도 중요한 학생이죠. 잃기 아까울 겁니다. 게시판에 소문을 올려 학교를 끌어들이는 데 성공한다면 이치노세를 지킬 수 있습니다."

"하지만 내가 1학년을 끌어들이는 소문을 올리면 그건 학생회의 신뢰 문제로 이어져."

"그게 뭐가 문제죠?"

"뭐……?"

"학생회의 신뢰가 떨어지면 누구보다도 나구모 학생회장이 타격을 받을 겁니다. 그의 실각을 노리고 있다면 환영해야 할 일이라고 생각하는데요."

"바보냐. 내가 게시판에 소문을 올렸다는 사실이 드러나면 그거야말로 큰 문제야. 학교 측의 페널티를 받게 될 뿐 아니라 나구모가 부회장 자리에서 물러나라고 할 가능성도——."

"그 정도쯤은 잘 둘러대면 어떻게 안 될까요? 적어도 나구모 학생회장과 싸우고 있잖아요? 아니면, 벌써 학생회장한테 화살을 당기는 게 불가능해졌습니까?"

"1학년이 뭘 알아……!"

키리야마의 분노가 담긴 눈빛이 나를 찔렀다.

"쿠시다와 나구모 학생회장이 만난 걸 전 학생회장에게 보고한 모양이더군요."

"어떻게 그걸…… 호리키타 선배가 정말 너 따위를 믿고 있나 보군.”

“쿠시다는 학년에서도 굴지의 정보통. 즉 이번 게시판을 통해 흘린 소문을 그 애가 나구모 선배에게 전하는 것도 가능한 전략이다, 라는 공상 이야기도 만들 수 있죠.”

쿠시다가 나구모에게 정보를 흘리고, 나구모가 이치노세를 구하기 위해 키리야마에게 지시를 내린다.

그런 있지도 않은 줄거리가 어렴풋이 떠올랐다.

“……거기까지 생각하고 나에게 접촉해왔다는 건가.”

키리야마는 생각에 잠겼다. 자신이 게시판에 글을 올림으로써 일어날 수 있는 미래를 상상했다.

하지만 이대로라면 예스라고 말하지 않으리라.

“선배가 여기서 노라고 말하면 나구모에게 굴복한 걸로 판단할게요. 아니면── 이미 나구모에게 흡수된 인간이라고, 전 학생회장한테 보고할 겁니다.”

협박 같은 말이었지만 키리야마를 움직이는 결정타가 될 것이었다.

“할 거죠?”

“……언제 올리면 되는데.”

“이 자리에서, 지금 당장.”

괜히 시간적 여유를 주면 키리야마의 것이 아닌 다른 휴대폰으로 글을 올릴 위험도 있다.

물론 그래도 상관은 없지만, 나중 계획에 차질이 생길지도 모르는 위험은 최대한 피하고 싶다.

무엇보다도 키리야마가 제삼자에게 이 일을 발설하는 것도 시야에 넣어 둘 필요가 있었다.

"괜찮겠지. 너는 나한테 큰 빚을 하나 진 거다."

"감사합니다."

각 반 게시판에 올릴 내용을 내 휴대폰에 입력한 다음 키리야마가 그대로 옮겨 쓰게 했다.

10분 정도 작업 시간을 거쳐 이 과정은 전부 종료되었다.

지금 바로 보는 학생은 아마 없겠지만, 내일이면 소문이 쫙 퍼지리라.

3

이렇게 해서 사전준비를 전부 마쳤다.

남은 건 마지막 마무리…… 이치노세 호나미의 마음을 무너뜨리는 작업이다.

머지않아 사카야나기에게 좌절당하리라는 걸 알았기 때문이다.

사카야나기의 책략이 멋지게 성공한 탓에 이치노세는 감기가 다 나았을 텐데도 학교를 계속 쉬고 있었다.

2월 18일. 하시모토 무리와 이시자키 무리가 충돌한 날.

아픈 지 벌써 5일째가 되는 이날도 이치노세는 학교를 쉬었다.

십중팔구 몸은 다 나았으리라. 하지만 다친 마음이 아직 아물지 않았다.

나는 여전히 학교를 나오지 않고 있는 이치노세를 만나기로 했다.

다만 방과 후나 쉬는 날에 노골적으로 만나러 가면 누군가가 볼 가능성이 높다.

그래서 나는 기숙사에 사람이 제일 없는 평일 낮 시간을 노렸다.

휴대폰으로 연락은 일절 하지 않았다.

달아날 길을 만들어 줄 생각이 없었기 때문이다.

이치노세의 방 앞에 다다른 나는 벨을 눌렀다.

"이야기를 좀 하고 싶어. 잠깐 나오지 않을래?"

안에서 얼마 후 반응이 있었다.

"미안, 아야노코지. 모처럼 와줬는데 미안하지만, 다음 기회에 보면 안 될까?"

목소리에 힘이 없었지만, 역시 감기는 다 나은 것으로 판단해도 될 듯했다.

"그 편지가 이치노세한테 그렇게 큰 타격이었어?"

내 질문에 이치노세는 아무런 대답도 하지 않았다.

나는 문에 등을 기대고 쭈그려 앉았다.

"월요일에는 학교에 나올 거야?"

"……미안. 그건 잘 모르겠어."

핵심에 다가간 질문 이외에는 일단 대답해줄 생각인가

보다.

"점심시간 끝나려면 아직 멀었으니까. 여기 좀 있을게."

그리고 나는 점심시간이 거의 끝날 무렵까지 아무 말 없이 계속 앉아 있었다.

"그럼 난 이만 학교로 돌아간다."

"나, 시간이 조금 필요한 것뿐이니까. 조금만 더 마음 정리를 하고 나면 반드시 학교에 나갈 거야. 그러니까 더는 여기 안 왔으면 좋겠어……."

그렇게 쥐어짜낸 이치노세의 목소리를 듣고 나는 학교로 돌아갔다.

4

주말이 지나고 21일. 그리고 이번 주 금요일에는 학년말 시험이 시작된다.

하지만 월요일이 되어도 이치노세는 학교에 모습을 드러내지 않았다.

그동안 칸자키와 시바타, 이치노세와 친한 여자애들이 전화, 채팅, 메일.

그러한 것들을 계속해서 보냈다.

그래도 방과 후에 우르르 몰려가는 모습을 한 번도 보지 못한 건, 나한테 그랬듯 이치노세가 오지 말라고 충고한 것 말고 다른 까닭을 찾을 수 없었다.

　점심시간이 되자, 나는 또 학교를 빠져나와 이치노세의 방으로 향했다.

　가볍게 노크만 하고는, 대답도 기다리지 않고 입을 열었다.

"오늘도 쉬었다면서?"

　이제 오지 말라고 충고했는데도 그것을 무시한 폭거.

　안에서 이치노세의 목소리는 들려오지 않았다.

　나는 더 길게 말하지 않고 지난 주말과 마찬가지로 아슬아슬한 시간까지 이치노세의 방문 앞에 계속 앉아 있었다.

5

　화요일도 마찬가지. 이제 설명은 필요 없겠지.

　학교를 빠졌다는 것을 확인하고 나면 나는 어김없이 이치노세의 방을 찾아갔다.

　같은 반이었으면 미움을 살지도 모른다. 하지만 나는 다른 반이니 이치노세가 절교를 선언해도 큰 타격이 없다. 그게 내가 적극적으로 나설 수 있는 가장 큰 이유이다.

　학년말 시험까지 이제 남은 시간이 얼마 없다.

　이대로라면 학년말 시험을 쉴 가능성마저 나온다.

　아니, 설령 시험 당일에만 나온다고 해도 B반 학생들은 크나큰 정신적 피로를 안고 있는 상태. 예기치 못한 문제 때문에 점수가 내려갈 수도 있다.

퇴학자가 나오지 않더라도 반 포인트에 큰 영향을 줄 것이다.

적어도 목요일에는 이치노세가 학교에 나와 B반을 안심하게 만들 필요가 있다.

그렇게 생각하면 타임 리밋은 목요일인 내일이다.

6

결국 목요일은 순식간에 찾아왔다.

나는 편의점에서 산 캔 커피를 한손에 쥐고 하얀 숨을 토했다.

오늘도 나는 조금도 재촉하지 않았다.

오늘이 한계선이라는 걸 이치노세가 모를 리 없기 때문이었다.

반드시 움직임이 있을 것이다.

그렇게 짐작했다.

"이제 2월도 끝이구나. 다음 달 특별시험만 무사히 치르면 2학년으로 올라간다. 화장실에 들어갈 때 마음 다르고 나올 때 마음 다르다는 말이 있지만, 정말 그럴까."

무인도 시험, 선상 시험, 페이퍼 셔플 등 기발한 시험들을 치렀다.

"2학년이 되면 지금보다 더 특이한 특별시험이 기다리고 있는 거 아니야?"

"……저기. 이상한 거, 물어봐도 될까……?"

혼잣말처럼 중얼거리고 있는데, 오랜만에 이치노세의 목소리가 들렸다.

"그래. 문 너머라도 괜찮다면 뭐든 물어봐."

흔쾌히 응했지만 이치노세는 바로 입을 열지 않았다.

어쩌면 며칠 만에 처음 말한 건지도 모른다.

"왜 아야노코지는 나한테 아무 말도 안 하고 아무것도 묻지 않아?"

"그게 무슨 말이지?"

"우리 반도, 우리 반이 아닌 친구도, 다들 학교에 나오라고 나를 설득해. 고민이 있으면 털어놓길 바란다고 말해줘. 그런데 아야노코지는, 그런 말은 전혀 안 하면서 매일 같이 찾아오잖아…… 어째서?"

다른 학생처럼 걱정해주길 바라는 건 아니리라.

무엇 때문에 매일 학교를 빠져나와 점심시간을 허비하고 있는지 이해하지 못하는 것이다.

"나보다 훨씬 이치노세를 걱정하는 애들이 수없이 나서서 설득했을 테니. 얄팍한 인간관계인 내가 정에 호소해봐야 네 마음을 움직일 수 있을 거라는 생각은 안 해."

방 안에서 희미하게 발소리가 들려왔다.

문 하나를 사이에 두고, 바로 앞에 와서 앉는 것이 느껴졌다.

 "내가 매일 여기 오는 건 네가 스스로 전부 털어놓을 때까지 기다리기 때문, 일지도."

 "털어놓기를…… 기다린다고?"

 여기서 나는 처음으로, 이치노세의 마음 속 영역으로 들어갈 것을 결심했다.

 "난 네가 무슨 잘못을 저질렀는지 알고 있거든."

 "윽……."

 "물론 알고 있다고 해도 깊은 배경까지 아는 건 아니지만. 사카야나기가 문제 삼은 걸로 이렇게까지 쉴 정도니, 그게 이치노세를 얼마나 무겁게 짓누르고 있는지는 잘 알겠어. 하지만 그런 걸 내가 먼저 말해봐야 무슨 소용이겠어."

 "어떻게…… 아는 거야?"

 "지금 그건 하나도 중요하지 않아. 무엇보다, 난 깊이 개입할 생각도 없어."

 이치노세가 말할 생각이 없다면 이 이야기는 여기서 끝이다.

 "이치노세는 고민을 남에게 털어놓는 걸 잘 못 하지? 남은 구할 수 있어도 자기 자신은 못 구하는 거야. 그런 타입이야. 그래서 내가 지금 여기 있는 거야."

 전하고 싶었던 내 마음이 조금씩 이치노세에게 전달되고 있을 것이다.

 잠시 흐르는 침묵.

 감정을 토해내고 싶을 때, 그것을 받아줄 상대가 없는 것은 참 괴로운 일이다.

나는 화이트룸에서 그런 아이들을 무수히 봐왔다.

그들은 결국 스스로 뭉개져 사라져갔다. 재기 불능의 존재들.

"난 지금 문이야. 얼굴도 안 보이고 닿지도 않는, 그냥 문. 그런 문한테 약한 모습을 보여준다고 해도 아무도 비웃지 않아."

나는 탁, 하고 캔 커피를 바닥에 내려놓았다.

"어떻게 할래, 이치노세. 지금이 너한테 가장 중요한 순간이야."

이치노세 호나미의 친구들은 모두 소극적이고 얌전하다. 의지하는 리더에게, 잇따라 다정한 말을 던진 것을 상상하기란 어렵지 않다.

하지만 그래서는 안 된다. 이치노세를 지지하는 인간으로서는 정답인 행동일지 모르나, 바로잡아줄 인간으로서는 잘못. 강제로 굴복시킬 만큼의 압박을 가해야만 한다.

"한심한 나라도⋯⋯ 괜찮아?"

"부정할 권리는 아무에게도 없어."

"범죄자인 내가⋯⋯ 용서받을 수, 있을까⋯⋯?"

"모든 인간은 용서받을 권리가 있어."

마음을 두드렸다.

남은 것은 이치노세가 거기에 응해줄지, 하는 것뿐이다.

이치노세는 문 하나를 사이에 두고, 천천히 입을 열었다.

"나 말이야── 도둑질을 했어. 그래서 중학교 3학년 때, 너무 괴로워서 반년 동안 학교를 쉬었어. 아무한테도 의논하지 못하고 자신을 계속 책망하면서. 지금처럼 좁은 방에 틀어박혀서⋯⋯."

필사적으로 손으로 억누르고 있던 마음의 상처. 그 손을 떼고, 이치노세가 말하기 시작했다.

자신이 저지른 짓. 자신 역시 방에 틀어박힐 정도로 약한 구석이 있다는 것.

그리고 이 이야기를 나구모에게만 털어놓았다는 사실. 사카야나기로부터 반 친구의 고민이라며, 도둑질한 학생이 있다는 이야기를 들었다는 것. 우연일 리 없다. 나구모가 사카야나기에게 자신의 과거를 말했다는 걸 깨달았다. 그리고 거짓말 할 틈조차 주지 않아, 결국 실토할 수밖에 없었다고.

자신이 저지른 죄를 인정하는 것. 그것이 얼마나 어렵고 무서운 일인지 알고 있는가.

마음이 아직 미숙한 청소년은 도둑질, 아니 어떤 식으로든 '죄'를 한 번쯤 경험한다. 하지만 많은 이 앞에서 그렇다고 말하면 '나는 그런 나쁜 짓은 안 해'라고 입을 모아 말하겠지. 당연하다. 자신의 죄를 인정하고, 그것을 공개석상에서 말하는 것은 무섭고 어려운 일이다. 그래서 정의의 이름아래 다수가 죄인을 비난한다. 그리고는 죄인의 비참한 말로를 알아버린다. 그래서 감춘다. 절대 아무에게도 말하지 않고 혼자 죄를 껴안고 살아간다. 선한 사람이라는 가죽을 뒤집어쓴 채 살아간다.

이치노세는 자책 속에서 반년을 혼자 지냈다.

그리고 겨우 속박에서 벗어났다…… 아니, 달아날 수 있었다.

하지만 그것은 언제까지나 따라다닐 것이다. 죽을 때까지 쫓아올 것이다.

실제로, 지금도 이렇게 이치노세의 앞을 가로막고 마음을 덮치고 있다.

그러니 언젠가는 맞설 수밖에 없다.

모든 이야기가 끝났을 때는 점심시간이 이미 지났지만 상관없었다.

오후 수업이 시작됐어도 나는 이치노세의 말을 계속 들어주었다.

위로도 질책도 하지 않고.

이치노세는 문 너머에서 소리 죽여 울고 있었다.

나는 위로의 말을 건네지 않았다.

그런 건 지금의 이치노세에게는 무의미하니까.

싸워야 할 상대는 처음부터 정해져 있다.

자기 자신. 제 손으로 종지부를 찍을 수 있을지 없을지, 단지 그것뿐이다.

진정한 의미로 자신이 저지른 죄와 마주할 수 있는 사람은 극소수다.

하지만 죄와 마주할 수 있게 되었을 때…… 사람은 한 걸음 성장하게 된다.

이것이── 친구들에게 모든 것을 털어놓기 전에 이치노세와 내가 나눈 대화.

그 모든 내막.

○복귀

드디어 학년말 시험 당일이 되었다.

가시험을 바탕으로, 저마다 다양한 대책을 세워서 오늘에 대비했으리라.

호리키타의 보고에 의하면 스도와 이케, 야마우치 쪽도 만전을 기한 듯 이번 일주일 동안 철저하게 시험 대책을 머리에 입력한 모양이었다.

미야케, 하루카, 아이리, 그리고 케이. 내 주변 아이들도 실력을 충분히 끌어올렸다.

그 이외의 학생은 모두 히라타가 맡았다. 문제가 있는 학생이 있다는 보고도 없었기 때문에 나머지는 컨디션만 잘 유지해서 시험에 임하면, 일단 우리 반 모두 시험을 무사히 통과할 수 있으리라. 그때, 뒤에서 힘차게 달려오던 발소리가 내 근처에서 서서히 멈추었다.

"좋은 아침이야, 아야노코지!"

환하게 미소 지으며 다가온 사람은 이치노세였다.

"안녕, 이치노세."

"드디어 학년말 시험이네. 공부는 많이 했어?"

"나름대로는. 너는—— 내가 굳이 확인할 것까지도 없지."

B반이 우리보다 훨씬 잘 연대해 시험 대책을 세운 것은 상상할 필요도 없다. 얼마 전까지 쉬었던 이치노세도 공부

면에서는 어느 것 하나 불안 요소가 없으리라.

"어제 이치노세 정말 멋졌어. 남자인 나도 넋을 잃고 볼 정도로."

"그, 그랬나…… 사카야나기가 말했듯이 그냥 후안무치 했던 것뿐인데."

애당초 이치노세에게는 죄가 없다. 어머니의 적절한 대응으로 처벌받지 않고 끝난 사건이니까.

그럴 필요도 없는데, 스스로 죄를 짊어지고 있었을 뿐이다.

"이것도 다 아야노코지가 나를 다시 일으켜 세워 준 덕분이야."

"나는 B반 애들처럼 다가가서 걱정해줄 수는 없으니까. 그저, 이야기를 들어주려고 생각했을 뿐이야. 인사 받을 일을 한 게 아니야."

"아니…… 아야노코지가 없었으면 난 분명 작년처럼 자멸해서 무너졌을 거야. 그런 의미에서 이번에는 사카야나기에게 완패했네."

사카야나기는 이치노세를 완전히 컨트롤해서 자멸 직전까지 몰고 갔다.

내가 개입하지 않았다면 과연 어떻게 됐을지 모를 일이다.

다만, 잘못 생각한 게 있다.

"너무 그렇게 고마워해도 곤란해. 난 그냥 계기에 지나지 않아. 결국 과거를 극복할 수 있는지 없는지는 자신한테 달린 일이야."

"……그래, 그렇지. 내가 저지른 잘못은 되돌릴 수 없어. 아무리 시간이 흘러도 죄를 씻었다고 생각할 수 있는 날은 오지 않을지도 몰라. 하지만…… 지금부터는 피하지 않고 제대로 직시하며 살아갈 수 있어. 그렇게 확신했어."

이제는 괜찮으리라. 누가 비난하더라도 이치노세는 틀림 없이 당당히 맞설 수 있을 것이다.

주어진 하나의 변화는 이치노세를 누구보다도 강하게 성장시켰다.

이제는 다른 학생들에게 지금까지보다 훨씬 강력한 라이벌이 되리라.

그래도 인생에 절대란 없다.

"만약에 또 자신을 잃어버릴 것 같을 때가 오면 나한테 말해도 돼."

"뭐……?"

"그때는── 그래. 이야기를 들어주는 것 정도는 나도 할 수 있으니까."

걸음을 멈추는 이치노세.

"부탁해도 돼……?"

"나라도 괜찮으면."

"정말로?"

"……그래, 정말로."

한 번 더 물어보자 나는 살짝 곤혹스러워하면서 고개를 끄덕였다. 그러자 작은 감사 인사가 돌아왔다.

"……고, 고마, 워……."

늘 씩씩한 이치노세로서는 보기 드문 반응이었다.

그런 모습이 본인도 이상하다고 생각했는지 고개를 마구 가로저었다.

"하, 하지만…… 언젠가, 후회하지 않을까?"

내 표정을 살피며 이치노세가 물었다.

"음, 그럴지도. 이렇게 해서 우리가 B반에서 멈추고 이치노세가 A반으로 졸업하게 된다면 반 애들이 나를 비난할지도 모르지."

"그, 그렇지?"

쓴웃음을 지으며 볼을 긁적이는 이치노세.

"그때는 적어도 호리키타한테는 비밀로 해줘."

"……후후. 그래, 그렇게 해줄까?"

옆에 나란히 서서 걷는 이치노세의 등은 올곧았다.

단 하나의 계기로, 다시 태어난 듯 밝은 모습이었다.

자, 이제 남은 건 학년말 시험을 통과하는 것뿐.

이치노세가 조용히 내게 시선을 보냈다.

"왜?"

"으, 으응?"

"아까부터 나를 계속 쳐다보고 있잖아. 하고 싶은 말이 있으면 해."

"저기, 사실은…… 아! 미안, 아야노코지. 잠깐만 기다려줄래?"

이치노세가 뭔가 말을 꺼내려다가 도중에 앞에 있던 학생에게 시선을 빼앗겼다.

　그 뒷모습, 그리고 옆에 있는 사람들을 보니 누군지 일목요연하게 드러났다.

　"미안, 잠깐 갔다 올게."

　그렇게 말하고 이치노세는 내게서 멀어져 앞에 있던 학생에게 달려갔다.

　"안녕하세요, 나구모 선배."

　"호나미인가. 아침부터 활기가 넘치는군."

　"그게 저니까요."

　지금까지와 변함없는 미소를 보내는 이치노세를 보고 나구모는 놀랐을지도 모른다.

　"나를 원망하지 않나, 호나미."

　"원망, 이라고요?"

　왜죠? 하고 이상하다는 듯 고개를 갸우뚱거리는 이치노세.

　그리고 곧 그렇게 물은 의미를 알아차렸으리라.

　"원망이라니 당치도 않아요. 나구모 학생회장에게는 감사하는 마음뿐인걸요. 저를 학생회에 넣어주셔서 정말 감사합니다. 앞으로도 열심히 할 테니까 모쪼록 잘 부탁드려요."

　"그래? 아무래도 넌 내가 기대하는 것 이상의 활약을 보여줄 것 같군."

　순간이지만 나를 쳐다본 나구모는 곧 뒤돌아 걷기 시작했다.

그 시선이 무엇을 의미하는지는 상상하기 어렵지 않았다.

이치노세 호나미를 무너뜨리고 다시 자기 손으로 일으켜 세우기. 그리하여 자신의 장기 말로 이용할 생각이었을 것이다.

그 계획을 방해받아 마음에 들지 않는다는 눈빛.

내가 이 일에 얽혀 있다는 정보를 어딘가에서 쥐었군.

나구모에게 고개 숙여 인사한 이치노세는 멈춰 서 있던 내게 다시 돌아왔다.

"있지!"

오자마자 유난히 크게 불렀다.

그리고 다시 입을 크게 벌려 말을 이으려고 했다.

"저기, 말이야."

그렇게 말하며 가방에 손을 넣었다가 그대로 굳어버렸다.

"왜?"

"으음 그게, 어라…… 이, 이상하네. 이게 아니라, 바로 스윽 꺼내려고 했는데……."

잠시 가방 안에서 팔을 움직이며 헤매다가 마음을 굳힌 듯 뭔가를 꺼냈다. 그리고 그것을 내게 내밀었다.

"좀 늦어버렸지만, 이거, 밸런타인 초콜릿……도, 받아줄래? 뭐랄까, 나 이런 거, 지금까지 누구한테 줘본 적 없는데……. 이런 걸로밖에 감사를 표시할 수가 없어서……."

"딱히 무리해서 뭔가를 보답하려고 하지 않아도 되는데?"

14일은 좀 지났지만, 여자애한테 초콜릿을 받는 것은

277

기분이 썩 나쁘지 않다.

하지만 초콜릿을 받으려고 한 일이 아니니까 무리할 필요는 없다.

"무무무, 무리한 건 아닌데? 아, 안 받을래?"

"아니…… 고맙다."

너무 오래 초콜릿을 받지 않고 그대로 있으면 남들이 볼지도 모른다.

나는 이치노세가 주는 초콜릿을 고맙게 받기로 했다.

최근에 문득 도쿄에 살아서 얻는 이점은 무엇일까 생각해 봤는데, 아무래도 미디어에 소개되는 음식점이 많고 그 가게에 직접 갈 수 있는 부분이 아닐까 싶습니다. 다만 방송에 소개된 직후에는 인기가 너무 많아 가게에 들어가기 힘든 경우도 적지 않죠. 그리고 물가가 너무 비싼 건 최대의 단점……

네, 오랜만에 인사드립니다.

지난 8권이 막 발매되었다고 생각했는데, 벌써 9월 발매일을 맞이하고 있는 키누가사입니다.

갑작스러운 이야기입니다만, 요즘 들어 건강 때문에 몹시 불안해하고 있습니다.

직업상 하루의 3분의 2 가까이 앉아 지내기 때문에 혈액 순환이 잘 되지 않고 등이 아파요. 젊었을 때는 몸이 어떻게든 알아서 해줬는데, 이제는 어물쩍 넘어가는 게 힘들어졌어요.

정기적으로 관리 받으러 다니고는 있지만 근본적으로 해결하지 않는 이상 제게 밝은 미래는 오지 않겠죠.

본론으로 들어가서, 이번 9권은 밸런타인데이와 학년말 시험 전까지의 이야기입니다.

서서히 주인공의 주위에 여자들이 늘어나기 시작했습니다. 2학년의 어느 시점에 가면 여자와의 관계에 깊은 진전이 있는 것도 충분히 가능하지 않을까, 하고 마치 남 일처럼 생각하고 있습니다.

이번에는 지금까지 스포트라이트를 받지 못했던 이치노세를 중심으로 이야기가 진행되었습니다.

특별시험이 아니어서 비교적 부드럽게(?) 내용이 전개되었습니다만, 다소 진지한 분위기입니다.

그리고 마침내 다음 10권에서 다룰 특별시험을 끝으로 1학년 편은 종료됩니다.

4년 가까이 연재했는데 아직 1학년이라니…… 하고 생각하기도 합니다만, 앞으로는 전개 속도를 조금 빠르게…… 할지도 몰라요(아직 확실하지는 않지만).

이 작품을 시작했을 때 편집자님이 하신 말씀이 지금도 머릿속에 남아 있습니다.

'시간이 반드시 진행되는 작품이라 다행이다'라고.

아무리 길어도 언젠가 끝은 옵니다.

그 말을 들은 당시에는 웃어넘겼지만 지금은 꽤 진지한 표정으로, 과연 그렇군요, 하고 납득하고 있습니다.

다음 권에서는 지금까지의 반 포인트, 주요 캐릭터의 프라이빗 포인트 추이 등을 보여드릴 수 있기를 바라며.

그럼 여러분, 다음 10권에서 다시 만나요.

YOUKOSO JITSURYOKUSIJYOUSYUGI NO KYOUSITSU E 9
©Syougo Kinugasa 2018
First published in Japan in 2018 by KADOKAWA CORPORATION, Tokyo.
Korean translation rights arranged with KADOKAWA CORPORATION, Tokyo.

어서 오세요 실력지상주의 교실에 9

2018년 12월 15일 1판 1쇄 발행
2022년 11월 15일 1판 6쇄 발행

저 자	키누가사 쇼고
일 러 스 트	토모세 슌사쿠
옮 긴 이	조민정
발 행 인	유재옥
본 부 장	조병권
편 집 1 팀	김준균 김혜연 박소연
편 집 2 팀	박치우 정영길 정지원 조찬희
편 집 3 팀	곽혜민 오준영 이해빈
라이츠담당	김정미 맹미영 이윤서 이승희
디 지 털	김지연 박상섭
미 술	김보라 박민솔
발 행 처	㈜소미미디어
인쇄제작처	㈜코리아피엔피
등 록	제2015-000008호
주 소	서울시 마포구 토정로222, 403호 (신수동, 한국출판콘텐츠센터)
판 매	㈜소미미디어
마 케 팅	박종욱
영 업	최원석 최정연 한민지
물 류	백철기 허석용
전 화	(02)567-3388, Fax (02)322-7665

ISBN 979-11-6389-051-5 04830
ISBN 979-11-5710-286-0 (세트)